믿음으로 사는 삶

엄마의 삶이라는 것

엄마의 삶이라는 것 — 믿음으로 사는 삶

펴낸날 2018년 11월 26일 초판 1쇄

지은이 한순길
펴낸곳 챕터하우스

출판신고 2007년 8월 29일 제315-2007-000038호
주소 서울시 강서구 화곡로68길 47, 601호
전화 070-8842-2168 **팩스** 02-2659-2168
이메일 chapterhouse@naver.com
블로그 blog.naver.com/chapterhouse

ⓒ한순길, 2018. Printed in Seoul, Korea
ISBN 978-89-6994-025-4 03810

이 도서의 국립중앙도서관 출판시도서목록(CIP)은
서지정보유통지원시스템 홈페이지(http://seoji.nl.go.kr)와
국가자료공동목록시스템(http://www.nl.go.kr/kolisnet)에서 이용하실 수 있습니다.
(CIP제어번호 : CIP2018035715)

믿음으로 사는 삶

엄마의 삶이라는 것

한순길 지음

CHAPTER
HOUSE
챕터하우스

지금 알고 있는 걸
그때도 알았더라면……

지금 알고 있는 걸 그때도 알았더라면…….

경험의 시간과 이해의 시간이 그렇게 다릅니다.

맛있다. 이거 먹어볼래? 조금 더 먹을래?

늘 그렇게 간절하게 물어보셨습니다.

갖고 싶은 것이 있어요. 그래.

하고 싶은 일이 있어요. 그래.

늘 그렇게 넉넉하게 말해주셨습니다. 나이를 먹고 나
서야 알았습니다. 그런 간절함이나 넉넉함은 어머니 밖

세상 어디서도 만날 수 없는 특별한 것이었다는 것을요.

어머니를 찬찬히 바라봅니다. 앞으로 굽고 옆으로 비스듬히 삐뚤어진 허리가 작은 키를 더욱 줄입니다. 뻣뻣하고 거친 손 마디마디가 휘어져 있고 얼굴에는 굵은 주름이 깊이 패여 있습니다. 그렇지만 맑고 큰 눈의 눈빛은 여전히 형형합니다. 무엇에도 꺾이지 않는 의지, 손에 잡히는 것을 반듯하게 잘 해내려는 노력, 더 나은 것을 향한 궁리, 잠시도 쉬지 않는 부지런함이 만들어낸 눈빛이 아닐까요? 사는 것은 너무도 진지하게 대면해야 하는 것이라 수다를 떨거나 맛있는 것을 먹으러 다니거나 얼굴을 가꾸는 데 시간을 낼 수는 없다. 사람으로서 해야 마땅한 옳은 일이 있다. 그것을 위해서 끊임없이 노력하는 것이 사는 것이다.

그런 말씀을 지금에야 헤아립니다.

어머니의 지난날들을 돌아보면 저로서는 도저히 그

렇게 하지 못했을 일들이 많았습니다. 불과 스물여덟 살에 아이들을 서울로 보내 공부시키겠다고 마음먹고 뒷바라지를 하셨습니다. 우리 형제 말고는 서울로 유학한 친구들이 없었습니다. 세상이 바뀌는 것을 어떻게 알아차리셨을까요? 자식들의 앞길을 열어주고 남은 평생을 안정적으로 살게 해주었던 혜안은 어떻게 가능했을까요? 그것은 지금도 알 수 없습니다.

일찍 돌아가신 아버지, 홀어머니와 살았던 가난, 포기해야 했던 학업, 너무 이른 결혼과 남편의 몰이해는 어머니의 운명이었습니다. 진학이 좌절된 것은 어머니 평생의 회한이었습니다. 괴로운 일이 있을 때마다 인생을 더 낫게 살 기회를 놓치게 만들었던 전쟁 이야기를 하셨습니다. 그 배움에 대한 염원이 자식들로 하여금 공부를 업으로 갖게 했을 것입니다. 배우면서 자신을 만들고 게다가 그것으로 먹고살 수 있다는 것은 얼마나 큰 혜택이었는지 인생의 여러 고비를 넘긴 후에 알았습니다. 어머니가 주신 장학금으로 공부를 계속할 수 있었던 학생들도 인생을 한참 살고난 후에나 고마움을 알겠지요.

어머니는 누구도 원망하지 않으셨습니다. 누구에게도 의지하려 하지 않으셨습니다. 내 일에 빠져 오랫동안 찾아가지 않은 때도 많았고 안부 전화조차 제대로 하지 않았습니다. 피곤에 밀린 내 시야에 부모님은 계시지 않았습니다. 잘 있느냐고 전화를 하셨을 때나 겨우 미안한 줄 알았습니다. "궁금한 사람이 먼저 하면 된다." 죄송하다는 제 말을 그렇게 막으셨습니다. 모든 부모가 그렇게 너그러운 것은 아니라는 것을 알고 있습니다.

아버지는 좋은 남편이 아니셨습니다. 아내가 바라는 것을 귀 기울여 듣지 않으셨습니다. 말을 거스르면 가혹했고 난폭하셨습니다. 맨손으로 일군 재산과 자식들의 입신에는 아내의 노력이 절대적이라는 것을 모르지 않으셨습니다. 그러나 아내를 힘들게 하셨고 부당하셨습니다. 아버지가 남을 대하시는 태도에는 마음이 녹다가도 다시 얼어붙게 만드는 것이 있었습니다. 남을 배려하지 않는 오랜 습관에서 오는 무심함 같은 것입니다. 보통 사람보다 머리 하나는 키가 더 크셨던 아버지는 누구나 내려다보듯 대하셨고 사람들은 대개 그 위압에 물러섰지요. 어머니는 그 뒤를 따라가면서 몸을 낮추고 다른 사람의 상처받은 자존심들을 위로하셨습니다. "수고했어요." 팔순이 지나시고 쓰러져 병원 침상에 눕게 되신 아버지가 병실을 나가는 어머니에게 말씀하셨습니다.

한창 젊은 나이, 제가 나이를 먹은 지금 돌이키면 젊었다고 할 수밖에 없었던 나이에 막내아들을 잃으셨습니다. 어릴 때부터 이상스럽게 노심초사하던 아들이었습니다. 더운 여름 8월 15일, 우리는 전날 나가 아직 들어오지 않은 막내를 기다리고 있었습니다. 전화가 왔습니다. 산 아래 도착했을 때는 학생들이 둘레에 죽 늘어서 울타리를 치고 가족이 보지 못하도록 막았습니다. 어머니가 어디에 계셨는지 잘 기억나지 않습니다. 제 슬픔에 잠겨 어머니가 당시 어떤 충격 속에 있었는지 보살폈던 기억이 나지 않습니다. 지금에서야 그 통한을 어렴풋이 헤아립니다. 어머니는 곧은 대나무처럼 꺾어지며 주저앉으셨습니다. 아들이 인도하고 갔다고 믿는 신앙이 구원이 되었습니다. 어머니의 신앙생활은 모범 그 이상이었습니다. 성경 읽기, 성경 쓰기, 성경 공부, 시험보기, 새벽기도, 단식, 봉사, 교우들과의 교류, 그리고 한순간도 쉬지 않고 몸을 움직여 일하시는 속에서 천천히 잊으셨다고 믿습니다. "살아 있었으면……" 시간이 흘러 이제는 먼일이 되어버린 막내아들의 죽음을 갑자기 말씀하실 때면 깜짝 놀랍니다. 곁에서 잠시라도 말을 나누었거나 눈을 마주보기라도 했더라면 하는 통절함이 사십 년도 더 지난 지금까지 생생합니다. 마른하늘에서 벼락처럼 떨어져 "숨 쉴 겨를도 없이 떠나더니……." 또 한 아들은 병석에 누워 십 년을 넘기고 있습니다.

많은 인간적인 미덕이 불행을 막아주지 않는다는 것

엄마의 삶이라는 것

은 불가해한 일입니다. 부나 지위와 같은 행운을 주지는 않더라도 그처럼 가혹한 고통이 온다는 것은 인간다움의 윤리가 무엇을 위한 것인지 알 수 없게 합니다. 어머니가 살아온 삶이나 언행을 아무리 뒤집어 보아도 불가해한 일입니다. 남에 대한 동정심이나 배려가 어머니 못지않았던 동생이 겪고 있는 고통을 어떻게 이해할 수 있겠습니까? 선의와 진정성을 가득 담아 노력한다고 해도 덮치는 불행을 막을 수 없고 아무리 노력해도 좌절을 피할 수 없다는 생각으로 마음과 몸이 속절없이 무너집니다.

사는 게 참 가혹하게 보일 때가 있습니다. 어머니가 더 부지런해지신 것은 어머니이기 때문입니다. 자식이 누워 있는 한 편히 발 뻗고 잘 수 없다. 맛있는 음식을 먹을 수 없다. 미안하다. 좋은 옷을 차려 입을 수 없다. 죄스럽다. 나를 쉬게 할 수 없다. 편치 않다. 자식이 행복할 때면 멀리서 볼 수 있다. 그러나 자식이 불행하면 그 불행과 같이 살게 한다. 자식에게 좋은 일이 생기면 자식이 잘해서 그렇다. 자식에게 나쁜 일이 생기면 내 탓이다. 그렇게 어머니 마음을 짐작합니다. 동생 집에 좀 덜 올라 가시지요. 거기는 아들의 집이 아니에요. 소용없는 일이지만 틈나면 다시 말합니다. 칼바람, 수북이 쌓이는 눈, 동트는 새벽, 점심 근처, 저녁 먹고 나서. 넘어지기라도 하시면, 차들이 오가는 좁은 골목길에서, 어두운 밤에. 가셨는가 하면 어느새 오셔서 목소리가 들렸습니다.

　아들 곁이 아니면 어디서도 불안하십니다. 앞에 보이지 않으면 영영 보이지 않을 것 같은 심한 불안, 그 분리의 두려움 때문에 돌아서면 다시 가십니다. 눈총을 받아도, 필요 없으니 가시라는 말을 수없이 들어도, 그 강한 자존심이 여지없이 무너져도 아들이 눈앞에 없으면 생기는 불안보다는 참을 만한 것으로 보입니다. 한순간도 쉬지 않고 일함으로써 자신이 필요하다는 것을 증명해야 한다고 믿으십니다. 간병인이 있을 때도 아들 곁을 떠나지 못하며 변명하듯 말씀하십니다. "내가 있어야 잔심부름도 하고……." 다른 사람을 설득하고 스스로 설득하십니다.

어렵고 긴 세월 버티고 계시는 그 놀라운 의지는 신앙에서 온다는 것을 알고 있습니다. 베개에 머리를 대면 곧바로 잠이 든다고 말하시면서, 주님께서 모든 것을 주관하시니 내가 무엇을 한들 무슨 소용이 있겠는가, 알아서 해주시리라 믿는다는 말씀하십니다. 감사한 일입니다.

어머니는 제게 두려움이나 눈물을 가르치지 않으셨습니다. 다른 사람에 대한 경계심을 전해주지 않으셨습니다. 초지일관 남을 배려하고 함께 가슴 아파하고 나누어야 하는 것만을 보여주셨습니다. 저는 항상 수많은 회의 속에서 아주 적은 확신에 도달합니다. 그러나 어머니는 그런 의심으로 헤매지 않으십니다. 긍정적인 방향으로, 우리가 선이라고 믿는 방향으로 아주 확고하십니다. "사람은 다르다. 언젠가 안동 할머니 산소에 갔더니 계절이 지나 과실이 물러졌을 때인데, 참외가 단단하고 달게 열렸더라. 물어보았지. 호박에 접을 붙였더니 늦게까지 이렇게 싱싱한 과일이 달렸다고 하더라. 사람도 그렇게 방법을 찾아보면 열매를 얻을 수 있단다." 할머니와 어머니, 모녀가 같이 살았던 고통스럽고 어렵던 세월 이야기를 가끔 듣습니다. 얼마나 힘든 세월이었는지, 얼마나 잘 견디셨으며, 얼마나 의연했는지. 어머니는 할머니를 생각하시며 눈물지으십니다. 저도 어머니를 생각하면 같습니다. 그러나 내 딸은 나를 생각하며 눈물 흘리지 않을 것입니다. 어머니 덕분입니다.

2018년 8월 딸 김정숙 씀

엄마가 누구인지를
이제 알았습니다

저자인 한순길 권사님을 뵈면 한순간도 주저함 없이 "엄마" 하고 부르고 싶습니다. 엄마가 이런 분이구나 하는 것을 단번에 알 수 있기 때문입니다.

별로 말씀이 없는 분입니다. 표정도 그렇게 다양하지 못합니다.

지쳐 보이는 얼굴이지만 그렇다고 포기하거나 절망했다고 느껴지는 분은 아닙니다. 무엇인가를 자꾸 삼키면서 입을 다무시는 모습은 자신의 운명이라고 설명할 수밖에 없는 현실에 맞서 나아가는 용사 같습니다.

아무도 이 엄마의 마음을 모를 것입니다. 다 들여다보지 못했으니까요.

엄마의 표정을 다 이해한 분도 없을 것입니다.

엄마의 표현 속에 담긴 깊음도, 다 헤아려 본 분도 없을 것입니다.

수많은 사연들을 가슴에 담고 다니지만 헤프게 흘리지 않습니다.

늘 넘치지 않게, 자신의 모습을 다듬어가는 분입니다.

때로 이러한 모습에 경외감마저 느껴지는 분입니다.

그러나 자녀들 앞에서는 자신을 나타냅니다. 우리 권사님이 그런 분입니다.

권사님의 글을 처음부터 끝까지 읽으며 참 많이 울었습니다.

그리고 너무 죄송했습니다. 목사로서 그 많은 아픔을 다 헤아리지 못한 죄책감도 들었습니다. 저를 비롯한 많은 사람들에게 일상이라고 생각했던 하루가 권사님에게는 평범한 하루가 아니었다는 것을 깨달았기 때문입니다.

공부할 기회를 놓치며 운명의 갈림길에 서서 힘이 되어줄 남편의 짐마저 오히려 가슴에 끌어안고 자신의 길을 묵묵히 걸어온 엄마이며 여자였습니다.

자기보다 사랑했던 막내아들을 먼저 떠나보내고, 누구보다 자랑스러워했던 큰아들을 병상에서 십여 년 뒷바라지하면서 누구 하나 원망하지 않고 신앙으로 이겨나가는 분입니다. 자신보다 자녀들의 미래를 염려하는, 포기하지 않는 엄마였습니다.

엄마였기에 이해할 수 있었던 하나님의 마음과 사랑이 권사님에게는 가득했습니다. 광야 같은 인생 속에 하나님을 더욱 강하게 붙드는 믿음은 이상과 관념이 아니라 현실이었습니다. 권사님에게 하나님은 선택이 아닌 절박함이요 간절함이었습니다. 막내아들이 남겨준 작은 빛을 자신의 삶에 전부 받아들인 참된 신앙인입니다. 전쟁으로 빚어진 비극의 파편을 안고 배우지 못한 한을 원망하며 슬퍼하는 분이 아니라, 오히려 자신의 한이 다른 사람에게는 희망이 되도록 미래를 열어가는 일에 자신의 땀과 피와 눈물을 다 주시는 분입니다.

권사님이 포기하지 않는 기도를 우리도 포기할 수 없었습니다. 야속하리만큼 엄마의 간절한 소원을 그토록 외면하시는 것처럼 보이는 하나님이 이해할 수 없지만, 하나님과의 깊은 교제는 권사님의 삶에 샘물과 같은 새로움을 주는 힘이기도 합니다.

따님의 편지에 비친 엄마의 모습은 여자의 삶보다 엄마라는 존재가 얼마나 큰 신비였는지를 느끼게 해주었습니다.

글을 읽어 나가다 보면 한 편의 드라마를 보는 것처럼 역사와 삶의 뒤안길에 묻힌 아픔과 고통의 이야기들이 나타납니다. 그러나 결코 슬픔과 고통을 이야기하기 위한 책이 아닙니다. 엄마이기에 하고 싶은 이야기들로 가득 차 있습니다.

엄마의 삶이라는 것

한순길 권사님은 엄마가 누구인지를 보여주시는 분입니다. 그래서 알 수 없는 뭉클함으로 불러봅니다.

"엄마!"

김형준 동안교회 담임목사

| 차례 |

나의 어머니

사람이 어떻게
할 말을 다하고 살겠느냐

어머니는 잠언 마지막 장(31장 10-31절)의 현숙한 아내
와 비슷하셨다. 여호와를 경외하는 여인은 되지 못하셨
지만 많은 사람들의 존경을 받으셨다. 친정이 가평 북면
이었다는 것 외에는 시집오시기 전 어떻게 사셨는지 이
야기를 별로 듣지 못했다. 맏딸이셨고 아래로 남동생이
둘 있었다. 큰외삼촌은 6.25 때 돌아가셨고, 작은외삼촌
은 개성 송도 고등학교를 졸업하시고 연희 전문을 나오
셔서 교직에 계셨다. 내가 결혼할 때 강릉 상고 교장이셨

고 외숙모님은 고등학교 교사셨다. 슬하에 세 딸을 두셨다. 외삼촌은 후에 춘천 사범학교 교장으로 계시다가 폐교하고 나서 인천 송도 중고등학교에서 퇴직하셨다. 나를 많이 사랑하셨다. 돌아가시기 전까지 찾아뵙고 살았다. 여든다섯에 돌아가실 때 외숙모님과 함께 임종을 지켰다.

어머니는 어떤 고생도 감수하시고 남에게는 늘 베푸시며 말없이 할 일을 다 하시는 분이셨다. "사람이 어떻게 할 말을 다하고 살겠느냐? 내 마음에 다 묻고 살아야 한다. 참을 '인'자 세 자면 살인도 면한다. 고사떡을 나눌 때는 가장자리 것은 절대 남을 주면 안 된다. 가장자리는 우리가 먹고 남에게는 반듯한 것으로만 주어야 한다. 싸움은 지는 것이 이기는 거란다. 선한 끝은 있어도 악한 끝은 없다. 사람이 일하다 죽는 법은 없단다." 어머니가 늘 내게 해주셨던 말씀들이다.

어머니는 열다섯 되던 해 아버지와 혼인하셨다. 아버지는 열일곱이셨다. 어머니가 가평군 승안리로 시집오시니 시가 어른이 일곱 형제였다고 한다. 셋째셨던 시아버지는 이미 돌아가셨고 시어머니만 계셨다. 홀시어머니를 모시게 된 것이다. 자식을 열둘 낳으셨지만 아들 형제 단 두 분만 키우셨다. 나의 아버지와 작은아버지시다. 홀시어머니를 모시고 사는 며느리의 시집살이가 얼마나 고된 것인지는 말할 필요도 없을 것이다. 막내였던 나는 엄한 할머니의 귀염을 많이 받았다. 할머니 등에 업혀 동네 집에 놀러 가서는 빨리 집에 가자고 떼를 쓰곤 했었다. 할머니는 내가 일곱 살이 되었을 때 돌아가셨다. 여든이 넘으신 나이였으니 당시로는 드물게 장수하신 것이다. 할머니가 돌아가신 해에 오빠가 혼례를 치렀다. 어른 돌아가신 해에는 혼사를 치를 수 없는 것이 법도이지만 곧 징병을 떠나야 하니 서둘렀다.

예전에는 분가가 어려웠고 모두 함께 살았다. 제일 어른이신 큰할아버지 아래로 식구가 스물셋이나 되었다. 그때는 지금처럼 종자 개량도 안 되고 화학비료도 없어 농사를 지어도 수확이 지금의 절반도 안 되었다. 형편이 어려워 가을 추수할 때까지 식량이 남아 있는 집이 별로 없었던 시절이었다. 새색시였던 어머니는 양식이 부족해도 말도 못하고 굶으셨다. 얼굴이 누렇게 되어 셋째 댁 새댁이 죽을병이 들었다고 소문까지 났었다고 한다. 저녁이 되면 쌀을 한두 되 솥에 넣고 나물죽을 쑤어 그 많은 식구가 먹었다. 어른부터 시작해서 밥알을 조금씩 넣어가며 그릇에 죽을 푸다보면 부엌에서 일한 여자들이 먹을 것은 남지 않는 때가 많았다. 제일 큰 어른이 보시고 잡숫다가 조금 남겨서는 "먹다 침이 빠져서 다른 사람은 못 먹는다"고 하시면서 부엌으로 내보내셨다고 한다. 부엌 여자들이 먹을 수 있도록 배려하신 것이다. 어머니는 배가 고프면 허리띠를 더욱 졸라매셨다고 한다. "허리띠가 양식이란다. 이 설움 저 설움 다 해도 배고픈 설움이 제일 크다." 말씀하셨던 기억이 난다.

어머니가 시집온 얼마 후 시어머니를 모시고 가평군 읍내리 614번지로 분가했다. 대지는 다른 사람의 것이었다. 건너방 뒤 싸리문으로 나가면 개울이 흐르고 개울둑에는 호두나무, 배나무, 뽕나무가 있었고 한 오십 평 되는 텃밭이 있어 반찬거리를 가꾸어 먹었다. 건너방 부엌에는 소여물을 끓이는 큰 솥이 걸려 있고, 안방에는 가마솥 지북솥 밥솥, 세 개가 걸려 있었다. 물은 우물에 가서 두레박으로 길어 동이로 이어다 먹었다. 물동이가 흔들려 물이 쏟아지지 않도록 새색시처럼 조심조심 걸어야 했다. 솥이나 그릇에 담을 수 있는 만큼 많이 채워 놓아야 다음 날 낮까지 쓸 수가 있었다. 여자들이 매일 하는 큰일이었다. 점심을 먹고 나면 무조건 물을 길어다 놓고 그 물로 부엌일을 하고 씻었다. 언니들 둘이 하다가 내가 이어받았다. 펌프가 생기고 나서야 조금 편해졌다. 그럭저럭 아껴 먹으면 새 곡식이 나올 때까지 큰 걱정 없이 먹고살았던 것 같다.

말은 가려서 하고 나머지는 가슴에 묻고 사는 것이다. 홀시어머니를 받들고 남편을 하늘같이 섬기시며 묵묵히 집안 살림을 하셨던 어머니가 늘 하시던 말씀이었다. 그리고 시집온 여자가 꼭 해야 하는 일 가운데 하나가 아들을 낳는 것이었다. 어머니는 딸만 내리 넷을 낳으셨다. 그때는 딸을 많이 낳으면 그 뱃속에는 딸만 들었느냐고 여자만 탓했다. 네 딸들을 모두 잃으셨다. 아이가 엄마 얼굴을 알고 재롱을 부리기 시작하면 죽고, 또 임신하고 또 잃고, 네 번을 그렇게 한 것이다. 다섯 번째 낳은 아이가 나의 오빠 한철교 씨었다. 귀한 아들을 잃지 않고 키운 것이 어머니에게 다행스러운 일이었다. 그 아래로 딸을 셋 키우셨다. 언니들과 나 중간에 아들을 하나 보셨지만 네 살 때 죽었다고 한다. 홍역을 앓고 있는 동안 술을 드시고 들어오신 아버지가 문을 열어 놓으셨다는데, 어머니는 얼마나 화가 나셨던지 문을 닫지 않고 그냥 두셨다. 아이가 죽었다. 그렇게 죽으리라고 생각지 못하셨으리라. 그 자식이 나를 임종할 종신자식이라고 했는데……. 어머니는 점쟁이가 그렇게 말하더라고 하셨다. 나이가 많이 드신 후까지 그 일로 남편을 가끔 원망하셨다. 그리고 같이 화를 내며 문단속을 하지 않은 것에 대해서도 무척 후회하셨다. 하나 남아 외아들이 된 큰아들은 어린 나이부터 공부 때문에 떨어져 있었고, 전쟁 후에는 아예 보지도 못하게 되었으니 어머니 섭섭함은 이루 말할 수 없었을 것이다.

백여 년 전 우리나라 여자들, 특히 시골 여인들의 삶은 지금 우리가 상상할 수 없는 고단한 것이었다. 지금 다시 생각하면 까마득한 옛날에 일어났던 일 같다. 누에를 길러 고치에서 실을 빼서 명주를 짜고 목화를 심어 거두어 무명을 짜서 겨울옷을 지어 입었다. 삼을 심어 자라면 삼대를 베어 삶아서 껍질을 깐 후에 갈라 실을 만들어 삼베옷을 지어 입었다. 허리에 꿰는 띠도 삼베로 접어서 만든 끈이었다.

옷감이 되기까지 설명하려면 많은 지면이 필요하다. 명주실이나 삼실이나 끝을 이 사이로 훑어내고 나서 두 가닥을 이어 무릎에 대고 손바닥으로 비벼 문질러 이은 다음에 꾸리를 만들었다. 목화를 심어 따다가 씨를 빼내고 솜틀집에 가서 틀어가지고 와서 길게 수수깡으로 고치를 만들어 물레로 실을 뽑았다. 그런 다음 꾸리와 날

실을 만들고 겻불을 피워 풀을 먹인 후에 말리면 날실이 만들어졌다. 꾸리를 만들어 북에다 넣어 짚신을 신고 앞뒤로 잡아당겨 날실이 열리면 실을 담은 북이 좌우로 오고가며 옷감이 짜진다. 뽕나무 잎을 따다 누에에게 먹이면 그 누에들이 자란다. 네 번 잠을 자고 나서 흰누에 몸이 누르스름해지면 솔가지를 가져다 올려주었는데, 누에들이 그 위에 입으로 실을 뽑아내어 고치를 만들었다. 그런 후에 누에는 그 속에서 번데기가 된다. 고치를 쪄서 실을 빼고 베틀에 짜서 보드라운 명주 옷감을 만들었다.

이렇게 복잡하고 힘든 긴 과정을 거쳐 옷을 지어 입었으니 여자들의 삶이 얼마나 고달팠겠는가? 다시 그 시절로 돌아가 살라 하면 못 살 것 같다. 그런 고된 생활이 아주 오래전 일도 아니다. 우리 어머니 세대가 그랬고, 나보다 여섯 살 위인 언니도 길쌈을 했다. 생리대도 마트에 가서 쉽게 사서 사용하고 버릴 수 있는 것이 아니라 뻣뻣한 삼베를 몇 번 단단히 접어서 끈으로 꿰어 사용했다. 그리고 은밀하게 감추어 두었다가 몰래 밤중에 빨아서 다시 사용해야 했다.

바느질은 낮에 집안일을 하고 난 뒤 밤에 했다. 남포불이 좀 더 밝아서 낫지만 보통은 등잔불 밑이었다. 어머니가 옷을 지으실 때는 밤을 새워 만들어 다음 날 아버지가 나가실 때 내놓으셨다. 거의가 흰옷이라 빨랫감은 반드시 양잿물에 삶아야 했고, 빨래 비누가 없어 불을 때서 남은 재를 물에 가라앉혀서 비누로 썼다. 겨울이면 빨랫감들을 싸서 머리에 이고 장작까지 묶어 들고 빨래터로 갔다. 삶은 빨래는 방망이로 때려 손으로 냇물에서 빨고, 빨래가 마르면 쌀을 끓여 작은 자루에 넣고 짜서 풀을 먹였다. 다 마른 빨래는 새벽에 밖에 널어 이슬을 맞히든지 아니면 입에 물을 물었다 뿜어 적셔서 다림질했다. 다림질은 반드시 둘이 해야 한다. 한 사람이 두 손으로 빨래를 잡고 있으면 다른 사람이 한 손으로 빨래 아래쪽을 잡고 다리미를 잡고 다린다. 나무 자루가 달린 우묵한 쇠 다리미다. 거기에 미리 불을 붙여 빨갛게 달군 숯을 담았다. 지금 사람들은 말해도 알아듣지 못하리라.

하나하나가 지금으로서는 상상도 되지 않는 멀고 먼 옛날이야기 같지만 여든이 넘은 내 어린 시절의 이야기니 아주 먼 옛날도 아니다. 내 나이 열넷에 버선이 해지면 헝겊을 대고 기우는 것을 배웠다. 치마허리 주름 잡아 달고 저고리 짓는 법을 이름까지 외워가면서 배웠는데, 겨우 할 수 있을 때 전쟁이 나서 저고리 지을 기회가 없어졌다.

어머니로서 고생하신 것은 그뿐만이 아니다. 천으로 옷을 만드는데다 손수 길쌈을 해서 옷을 지어 입어야 했다. 지금이야 세월이 좋아 세탁기가 빨아주고 탈수해줘서 밤사이에도 말려 입을 수 있지만 그때는 옷이 많지 않으니 젖어 마르지 않는 옷은 화롯불에라도 말려야 했다. 해지거나 뜯어진 옷은 다음 날 입을 수 있도록 등잔불 밑에서 바느질을 해 두어야 했다. 언젠가는 술을 드시고 오신 아버지가 버선을 깁고 있는 어머니에게 떠다 놓은 물그릇을 머리에 쏟아부은 적도 있었단다. 그래도 우리 어머니는 아무 말도 못하셨다. 요즘 같으면 자식들이 들고 일어나서 그렇게까지는 못했을 것이다.

우리 아버지는 밥 먹을 때는 말없이 조용히 먹어야 한다고 가르치셨다. 거지들이나 밥을 얻어 와서 어느 마을 누구네 집에서 무슨 반찬 얻어 왔다고 떠들며 말이 많은 것이지 무슨 할 말이 있느냐고 하셨다. 가끔 오빠가 와서 온 가족이 이렇게 모일 시간이 없는데 밥 먹을 때라도 여러 가지 이야기들을 하고 들으면 좋지 않겠느냐고 말씀을 드렸고, 나도 같은 생각이었지만 여전히 식사 중에 말을 하지는 못했다.

백 수십 년 전 우리나라 여자들은 일을 하기 위해 태어난, 그저 일손일 뿐이었다. 남존여비 사상에 억눌려 남편을 동반자나 반려자라고 하는 생각은 할 수 없던 시절이었다. 지금도 차별이 남아 있기는 하지만 그 시절 시골 아낙네들의 삶은 참으로 비참했다. 남겨 둘 음식도 없었지만 조금이라도 남으면 장독대 위에 찬물 그릇에 담가 고양이나 쥐가 먹지 못하도록 큰 소쿠리를 덮어 놓아야 했다. 더운 물을 쓰려면 솥에 불을 때서 데워 써야 했고

　　　　　　　　　엄마의 삶이라는 것

기름기 있는 그릇은 호박잎 따다가 애벌 닦고 뜨거운 물이나 쌀뜨물로 헹궈야 했다. 남자들은 상에서 먹고 여자들은 밥그릇을 방바닥에 놓고 먹었다. 지금은 흔하디흔한 생선이나 김 같은 반찬이 아버지 상에 놓여도 우리는 감히 넘보지 못했다. 조금 남기시면 다음에 다시 아버지 상에 올려놓아야 한다. 우리가 먹는 그릇들이 일자로 죽 길게 놓이면 손님이 오려나 보다 하면서 살았다.

남편을 극진히 섬기던 어머니가 한 번은 새우젓을 아버지 상에만 놓고 양이 모자라서 일꾼들 상에는 못 놓은 적이 있었다. 아버지는 잡수시기 전에 일꾼들의 상을 휘 둘러보시고는 아버지 상에 놓인 조그만 새우젓 접시를 말없이 마당에 던져버리셨다. 그때 어머니는 일꾼들 앞에서 얼마나 무안했을까? 평소에 조금이라도 별식이 생기면 아버지 상에만 놓는다. 남기시면 두었다가 한 번 더 올려드린다. 결혼도 부모님들이 정혼하는 대로 따라야 하고, 시집살이가 힘들어도 말 한마디 못하고, 굶주려도 참아야 하고, 억울해도 참아야 하고, 바른 말 하면 말대답이라고 호통을 들어야 했다. 산후조리는 생각도 못하고 일을 했다. 짚으로 새끼줄을 꼬아 일부는 집에서 필요한 대로 쓰기도 하고 팔아서 생활비로 보태기도 하셨는데, 연세가 좀 들고 나서 몸이 아프실 때는 젊어서 새끼 꼰 것 때문에 그런 것 같다고 말씀하셨다. 어느 시기가 되면 이즈음이 애 낳은 때라 이렇게 아픈 데가 많다고 하시기도 했다. 위암에 걸려 병이 위중해질 때까지 열심히 채마밭을 가꾸며 내 아이들 삼 남매를 업어서 키워주셨다. "사람이 일하다 죽는 법은 없단다." 늘 입버릇처럼 말씀하시던 대로 평생 일만 하시다가 돌아가셨다. 아버지 세상 뜨시고 나서 꼭 열다섯 해 더 사셨다.

여자가 하는 일이 집안에만 있는 것이 아니다. 농사 뒷바라지도 있었다. 농사는 절기 따라 때를 놓치지 않고 해야 한다. 아버지가 돌아가시고 나서 인력이 부족한 우리 집에서는 어머니가 농사일까지 맡으셔야 했다. 모내기 때가 되면 며칠 전부터 날을 받고 일할 사람을 찾아다니며 그 수를 맞추어야 한다. 이웃들과 날짜를 맞추어

엄마의 삶이라는 것

야 한다. 품앗이도 한다. 우리 집은 소가 대신 해주었다. 소 하루 하면 사람 둘을 받을 수 있었다. 일하는 사람들이 아침, 저녁은 집에 와서 먹지만 점심과 두 차례 새참은 준비해서 들판으로 이고 나가야 한다. 하루 종일 손에서 물이 마를 시간이 없었다. 그러면서도 불평도 못하고 묵묵히 남편 섬기고 살아야 했다. 여자는 땅이고 남자는 하늘이다. 여자 목소리가 울타리를 넘어가면 집안이 망한다고 했다. 땔감도 있었다. 아버지가 계셨을 때는 가을이 되면 겨울 준비로 집에 있는 소달구지로 장작을 사서 가져오곤 했다. 언니들과 나는 양팔로 한 아름씩 안아다 드리면 아버지께서 처마 밑에 비를 맞지 않도록 차곡차곡 쌓아놓고 솔가지 같은 나무는 따로 사오고 해서 겨울을 살았다. 아버지 돌아가신 후에는 우리 어머니 고생이 많으셨을 것이다.

이스라엘 역사에도 여자들의 존재는 사람 수에 들지도 못했다. 큰 수를 말할 때는 몇 명 외에 여자와 아이들이라고 했다. 출애굽 때 이스라엘 백성의 수 육십만 명은 남자만의 수였다. 우리나라도 마찬가지였다. 여자는 사람으로서 대우하지 않았다. 여자는 일주일 매를 맞지 않으면 여우가 되어 뒷산으로 올라간다고들 했다. 하지만 양반가에서는 아내에게 반말을 하지 않는다. 아버지는 어머니를 철교 어머니라고 부르셨다. 어머니는 구 남매를 낳으셨고 사 남매를 키우셨지만 산후조리 한 번 변변히 한 적이 없으셨다. 아이를 낳고 일주일은 고사하고 삼일 동안 몸조리를 한 여자도 별로 없었을 것이다. 여자는 다 그렇게 살았다. 부모들이 정혼하면 그대로 따라야 했고 남편과 한 방에서 잘 수도 없었다. 부모님이 정해준 날에나 동침을 할 수 있었다고 한다. 시집살이는 말도 못한다. 며느리를 맞는 것은 일 시키는 머슴을 데려오는 것이나 마찬가지였다. 그 많은 일을 하고도 양식이 넉넉지 않으면 먹지도 못하고 굶주린 것은 여자였다. 참아야 했다. 억울한 마음을 남편에게 말로 표시할라 치면 말대답한다고 나무람을 받았다.

우리 아버지는 참으로 독선적이셨다. 나갔다 돌아오

실 때는 밖에서 기침소리를 내신다. 그러면 우리 식구 모두가 마루 끝에 서서 아버지를 맞았다. 있던 자리에 그냥 있으면 벼락이 떨어진다. 술을 들고 오시면 주정이 심하셨다. 할머니께서 아들이 안 들어온다고 기다리시다 마중을 나가시면 노인을 나가시게 했다고 호통을 치시고, 아무도 안 나가면 안 나왔다고 걱정하셨다. 아무리 급해도 어른 신발을 신으면 안 된다. 밟아서도 안 된다. 한 번은 아버지는 아랫목에 밥상을 놓고 식사를 하시고 어머니는 윗목의 호롱불 밑에서 바느질을 하셨다. 그런데 말대답 한마디 못하시는 어머니의 무엇이 마음에 안 들었는지 밥상에 있는 물그릇을 그대로 어머니 치마에 쏟아부으셨다. 어머니가 윗목에서 바느질할 때 그 얼굴에다 물그릇을 집어던지기도 하셨단다. 아침에 입게 하려면 다 젖은 바느질감을 다시 화롯불에 말려 밤새 다 끝내야 했다.

어른들은 아버지가 무섭게 보여도 사리가 밝고 인자한 분이라고 말씀들 하셨지만 우리에게는 호랑이 같으셨다. 워낙 엄하고 무서웠던 아버지에 대해서 자식들도 별로 애틋함을 느끼지 못했던 것 같다. 양반 따져 시집보내느라 조석도 제대로 해결하지 못하는 집에 열여섯에 시집가면서도 큰언니는 아버지 슬하를 벗어나는 것만 좋았다고 한다. 아버지가 술 드시고 들어오시면 언니들은 무서워 방에도 들어가지 못하고 부엌 나뭇가리에 이불 깔고 자다가 새벽에야 방에 들어가기도 했다고 한다. 앵두가 열려도 우리 마음대로 한 개도 못 따먹는다. 다 익으면 어른들이 따서 다 함께 나누어 주어야 먹는다. 내가 여섯 살 무렵이었나? 가을에 밤을 따면 두엄 속에 묻어두고 기다리는 때가 있었는데, 그렇게 하면 가시가 많은 송이가 썩어 밤을 빼내기 쉬웠기 때문이었다. 한참이 지나 여러 사람이 모여 빙 둘러서서 밤송이를 꺼내어 발로 비벼서 밤을 깠다. 밤이 귀해서 어른이 먹으라고 해야 먹을 수 있는데, 나는 그 밤을 몇 송이 까서 먹고 빈 껍질을 울타리 사이 뒷집으로 살짝 밀어 넣었다. 부엌 아궁이에 넣어 태우면 될 것을 몰랐다. 어른들이 보면 금방 알 수 있다는 것을 나는 알지 못했다. 아버지가 보시고 물으셨지만 나는 자백을 하지 않았다. 언니 둘과 나는 밧줄로 묶여 뒷마당에서 회초리를 맞았다. 결국 내가 그랬다고 말씀을 드렸다. 언니들한테 엄청나게 욕을 먹었다. 나 때문에 애먼 언니들까지 매를 맞고 혼났으니 얼마나 화가 났겠는가? 아버지께 맞은 기억이 아직도 잊히지 않는다. 아버지는 잘못할 때마다 그때그때 혼내시지 않고 한꺼번에 모아서 조목조목 말씀하시며 회초리를 드셨다. 언니 둘을 긴 머리로 서로 붙들어 매 도망가지 못하게 하고 매를 들기도 하셨다. 큰언니가 어린 마음에 무서워 도망을 가니까 아버지가 자전거를 타고 고함치며 오셔서 너무 무서웠다고 한다. 내가 열두 살 되던 정월에 돌아가셨으니, 내가 어린 나이였는데도 다 큰 계집애가 개울로 목욕하러 가면 안 된다고 하셔서 친구들과 개울에 멱 감으러 가지도 못했다. 엄마도 어머니라 부르라고 하셨다. 하지만 그게 쉽지가 않아 아버지가 돌아가신 후에도 줄곧 엄마라고 부르다가 열일곱 살에 결혼을 하고 나서부터 어머니라고 부르기 시작했다. 어찌나 엄하고 무서웠던지 아버지에 대해서 자식들도 별로 애틋함을 느끼지 못했던 것 같다.

아버지는 내가 열두 살 되던 해 정초에 이웃집에 초대받아 가서서 식사하시고 돌아오신 후 병이 나셨다. 그리고 엿새 후 세상을 떠나셨다. 오빠가 서울 의과대학 1학년에 다닐 때였고, 아직 학교에 들어가지 않았던 조카 둘이 가평에 내려와 있었던 때였다. 아버지가 돌아가셨다는 소식을 듣고 오빠가 서둘러 내려와 인사를 드리려고 병풍을 걷으니 아버지의 왼쪽 입가에서 피가 흘렀다. 반가운 사람이 오면 시체의 입에서 피가 흐른다는 말이 있다는데, 공부하러 타지에 나가 있던 아들에 대한 그리움을 그렇게 표현하셨나 보다. 보고 싶으면 보고 싶다고 평소에 말로 표현하시던 분이 아니셨으니 그리움을 가슴속에 품고 사셨을 것이다.

아버지가 돌아가셨을 때는 인천 바다도 얼었다는 추운 겨울이었다. 상주는 오빠 한 분이었다. 나는 오빠 옆에, 댓돌 위에 서서 대문으로 문상객 오는 것을 알려드렸다. 오일장 하려고 했는데, 귀신 따르는 날이라고 해서 칠일장을 했다. 장례가 오일장이면 망자가 5년 먹을 양식이 들어가야 한다고 하는데, 그 음식을 준비했던 여자들은 얼마나 고생이 많았겠는가. 돌아가시기 직전에 동네 사람들끼리 다툼이 있으니 말려달라고 누가 찾아왔다. 그 말을 듣고 자리에서 일어나 한달음에 싸움이 벌어진 곳으로 가 그들을 타이르고 달래서 싸움을 말려 놓고 오셔서 다시 누우셨다. 이웃 사람들에게 아버지는 덕망 있고 경우 바른 분으로 마을에 없어서는 안 되는 분이었다. 아버지가 더 오래 사셨더라면 내 인생이 달라졌을 텐데 하는 생각을 가끔 하기도 한다. 아니면 오빠가 납치되지 않았던지. 아쉬움이 크다.

1950년 6월 25일 아침 포성을 들으며 십 리 거리인 큰언니 사는 상색으로 가 뒷산 머루덩굴 밑에서 밤을 새우고 다음 날 저녁 때 집으로 갔다. 하나뿐인 삼촌이 공산당에 가입을 하셨다. 송도 중고등학교를 나와 가평 면 사무소에서 총무과장이셨다. 군청에서 가평군 인민위원 장을 하셨다. 집에는 어머니, 올케, 나, 조카들 셋이 있었 다. 여덟 달 된 막내 조카를 올케가 혼자 볼 수 없어 내 가 집에 남아 도왔다. 우리 식구는 다 무사했고 삼촌은 육 남매를 데리고 월북했다. 어머니와 나는 경반리 안골 에 가서 도토리를 주워 이고 오고, 나물도 뜯고, 옥수수 를 얻고, 채소도 가꾸며 먹을 것을 마련했다. 작은언니는 결혼해 춘천에 살고 있었는데, 남편이 숨어 있다 잡혀가 고 나서 친정에 다니러 왔다가 집으로 돌아가지 못했다. 식구가 하나 더 늘어서 모두 남쪽으로 피난해 금곡에서 잠시 살았다. 납작보리 섞인 쌀을 조금씩 배급 받아 알루 미늄 냄비에 밥을 했다. 나무를 주워 논두렁 끝에서 밥을 지어 먹으면서 서로 한 숟가락 더 먹으라고 하다 보면 어린 조카들이 퍼먹고 남는 것이 별로 없었다. 반찬은 소 금 한 가지였다. 저녁이 되어 학교 교실로 들어가 앉으면 콩나물시루 같았다. 그렇게 끼어 앉아 씻지도 못하고 있

엄마의 삶이라는 것

다 보면 이가 기어 다녔다. 그래도 밤이 되면 앉아 있는 사람은 없고 모두 눕고 엎드려 잤다. 우리가 자던 교실에서는 갓난아기에게 젖을 물리고 앉아 있다가 엎드려 잠이 든 바람에 아기가 숨이 막혀 죽기도 했다.

맥아더 장군의 유엔군이 인천에 상륙하고 전세가 바뀌어 아군이 북진하고 있을 때, 5사단 36연대가 명령을 받고 황해도로 올라오던 중 위급한 상황을 해결하려고 가평으로 들어왔다. 우리는 다시 집으로 돌아갈 수 있었다. 얼마나 걸렸는지 모른다. 우리 집에는 음력 10월 7일 큰 시제가 있었다. 며칠 전부터 온종일 준비해 과일, 과줄, 모두 나무로 만든 제사 접시에 다 고여 놓고 마지막 떡(편)을 스물네 켜를 해야 하는데 열여덟 켜를 고이다가 포성이 너무 가까이서 들려 다락에다 올려놓고 나갔다 왔다. 전쟁을 겪어보지 않아 너무 몰랐다. 고인 것을 쏟아 싸가지고 가서 먹고 남들에게도 나누어 주었으면 얼마나 좋았을까? 제사 접시에 고인 채로 다락에 진열해놓고 떠났다. 돌아와 보니 집에 먹을 것이라고는 아무것도 없고 주먹밥 같은 누룽지 몇 덩어리 굴러다니고 김장할 때 배추 꼬리만 옷장 서랍에 있었다. 몇 날이라도 무엇을 먹고 살았을까? 어머니가 어디서 구하셨는지 누룽지를 끓이고 누룩을 구해다 막걸리를 담그셨다. 5사단 36연대 본부 중대 주대근 대위가 중대장이었다. 내가 보기에 할아버지 같은(우리 어머니와 동갑으로 55세였다) 분을 모시고 순찰을 도는 키가 1미터 80의 상사가 있었는데, 우리 집에 와서 막걸리를 사먹고 가며 경상도 사람이라 모친님이라고 부른다며 거의 날마다 왔었다. 그 상사가 후에 나의 남편이 되었다. 한 번은 쌀을 가지고 와서 떡을 좀 해달라고 했다. 사병들을 위로하려고 부탁을 했다고 한다. 어머니는 정성껏 큰 시루에 고사떡 같은 시루떡을 쪄놓고 방에 들어와 쉬고 있다가 다시 부엌에 가니 그 뜨거운 시루를 어떻게 들고 갔는지 없어졌다고 했다. 그런 일도 있었다. 그때 그 상사는 동네를 다니면서 주민들이 나간 것을 확인하고 양평 쪽으로 후퇴해서 안동까지 갔었다고 했다.

엄마의 삶이라는 것

우리 집은 올케언니가 막내를 업고 서울로 가신 후 도민증이 나왔다. 도민증이 없으면 통행이 불가능하다고 하니 우리 어머니는 며느리가 걱정되어 서울로 가신다고 나서셨다. 하는 수 없어 나도 따라나섰다. 올케가 살다 내려온 곳이 지금 미도파 백화점 자리에 있던 기차역 성동역 건너편 용두동이었다. 성동역은 경춘선 종착역이었다. 하루 자고 다음 날 새벽차로 가평을 가려고 하니 지금 그곳은 갈 수 없고 청량리역을 가보라고 했다. 어머니와 내가 청량리역으로 걸어가는데 역 뒤편에서 해가 떠오르고 있었다. 해는 주황색이 아니고 빨간색이었다. 어머니가 저 햇빛을 좀 보라고 난시를 알리느라 그런가 왜 저리 빨간색인고 말씀하시며 기다렸다. 언니가 조카딸 둘을 데리고 보따리를 지고 나오는 것을 만났다. 그때 만나지 못하고 길이 어긋났으면 이산가족 될 뻔했다. 언니는 밤에 떠나서 마석까지 걸어와서 새벽에 기차를 얼어 탔단다.

　　전쟁으로 어머니는 참 많이 고생하셨다. 1951년 1.4

후퇴 때 우리 집은 불타 없어져버려 할 수 없이 서울로 올라와 오빠가 살던 집 옆에, 피난 가고 사람이 없는 빈 집에서 살게 되었다. 그 시절에는 여자가 할 수 있는 일이 없었고, 돈을 벌 길이라고는 눈을 씻고 찾아보아도 없었다. 어머니, 언니들, 올케, 조카 삼 남매 도합 일곱 식구 중에 남자라고는 등에 업은 돌도 안 된 조카 하나뿐이었다. 참으로 먹고살 길이 막막했다.

어머니가 용단을 내리셨다. 눈이 많이 내려서 길에 푹푹 쌓이고 날씨는 몹시 추운데 가평으로 가시겠다고 하셨다. 남편이 잡혀가고 없었던 작은언니도 춘천 시댁으로 돌아가야 한다고 말씀하셨다. 집도 없고 노인들까지 다들 피난을 가고 마을마다 인적도 드문데 딸을 보내고 나서 혼자 어떻게 사실는지 걱정되어 나도 함께 떠났다. 아침 일찍 떠나서 금곡까지 갔다. 누가 흘리고 갔는지 길가에 보리 섞인 쌀이 바닥에 죽 이어져 있었다. 그 쌀을 따라 걸어가 보니 농협 창고 같은 곳이 있었다. 문을 조금 열어 보았더니 곡식이 약간 남아 있었다. 우리

엄마의 삶이라는 것

는 옷을 벗어 묶고 등에 지고 갈 수 있는 만큼을 퍼 담았다. 가지고 가던 짐은 한 사람이 몰아서 지고 나머지 둘은 새로 얻은 쌀을 등에 졌다. 그리고 오던 길을 되돌아 서울로 향했다. 며느리와 손자, 둘에게 쌀을 풀어 놓고 며칠 후 다시 가평을 향해 떠났다. 그때 어머니는 무릎이 아프셔서 보리밥을 무릎에 싸매고 며칠 계셨다가 떠났다. 가평을 갔으나 언니를 못 보내고 다시 서울로 왔다.

전쟁 동안 언니와 나를 결혼시키신 어머니는 며느리와 손자를 두고 가평으로 내려가셨다. 그리고 종중산의 나무를 베어다가 작은 형부의 도움으로 아래위 방 두 칸하고 부엌을 붙여 일자 모양의 집을 지으셨다. 방들은 공병대 노무자들에게 하숙을 주시고 어머니 당신은 부엌 마루에서 주무셨다. 그렇게 돈을 모아서 서울 손주들에게 보내셨다. 손주들을 생각하는 것이 유일한 낙이었다. 내가 장사를 시작한 후에는 내가 낳은 삼 남매를 키우시며 내 뒷바라지를 해주셨다. 우리 어머니는 본래 과묵하신데다 남을 배려하는 마음도 크셨다. 당신이 필요하더라도 남이 필요하면 기꺼이 양보하셨다. 내 아이 셋을 모두 기르셨다. 막내가 다섯 살이 되도록, 홍역 앓는 것까지 다 건사해주시고 돌아가셨다.

어머니는 아들이 왜정 말 징집되었을 때도 그러셨지만, 6.25 동란 중에 실종되고 나서는 밤 열두 시가 되면 두레박 하나를 들고 멀리 떨어진 우물로 가셨다. 우물은 우리 집에서 육십 미터는 될 거리에 있었다. 밤이면 늑대가 내려와 우리 텃밭 옆 논둑 물이 흐르는 곳에서 소리를 내며 왔다갔다 다니는 길가에 있었다. 그곳을 날마다 빠짐없이 다니셨다. 해방 후 오빠가 돌아왔을 때 어머니 정성으로 무사했다고 사람들이 말했다. 새로 물을 길어다가 장독대에 한 대접 담아 놓고 두 손을 모아 매일 빌었다. 북두칠성님께 아들이 살아 돌아오기를 빈다고 하셨다. 그리고 어디 용한 점쟁이가 있다는 말을 듣거나 어디서 새로 왔다든가 하면 찾아가서 점을 보셨다. 오빠가 살았는지 알고 싶어 하셨다. 어떤 이는 아들이 죽었다고 했다. 어떤 이는 살았다고 했다. 생사가 그렇게 엇갈리니

점을 보고 나면 허탈하고 궁금증만 더해졌다. 어머니는 결국 아들의 생사도 모른 채 돌아가셨다.

늘 위장이 좋지 않으셨던 어머니는 셋째 아이가 다섯 살 되던 해 위암에 걸려 세상을 떠나셨다. 1962년 음력 10월 6일 육십칠 세셨고 남편과 사별하고 십오 년 지난 때였다. 어렵게 공부해 의사가 된 아들이 죽었는지 살았는지도 모른 채 의사 아들 손에 주사 한 번도 못 맞으시고 돌아가신 어머니가 얼마나 한스러우셨을는지 짐작도 할 수 없다. 다른 병은 하루 세 끼 밥이라도 먹을 수 있건만, 위암은 정신은 멀쩡하고 통증만 지속되는 병이다. 병원에 다녀오셔서 말씀하셨다. "밥 한 술도 못 먹고 죽을 생각하니 처연하구나. 이제는 병원도 안 간다. 낫지도 못하고 조금 있으면 죽을 걸 너 고생해서 버는 돈 내가 축낸다." 말씀하시면서 우시던 어머니.

지금으로부터 오십 년 전에 위암은 진단도 치료도 참 어려운 병이었다. 돌아가시기 석 달 전 춘천 '오 내과'에 모시고 갔다. 위암뿐 아니라 간경화와 신장염으로 앞으로 삼 개월밖에 사실 수 없다는 진단을 받았다. 위암 말기라 약을 먹으면 석 달 살고, 안 먹으면 두 달 남았다고 했다. 가평 병원에서 약을 지어 오시는데, 야속하게도 할머니 병은 약 잡수셔도 나을 수 없다고 했단다. 의사의 진단대로 석 달 만에 돌아가셨다. 어머니는 원래 진중하고 말이 없으신 분이셨다. 사람이 어떻게 할 말을 다하고 살겠느냐고 하시던 어머니는 그 많은 아픔과 괴로움을 혼자 간직하시느라 암에 걸리셨는지 모르겠다.

마지막 한 달은 일어나지 못하고 자리를 보전하셔서 올케가 서울에서 내려와 수발을 들었다. 열흘 정도는 물도 넘어가지 않았다. 목이 타면 입에다 물을 물었다가 그릇에 대고 뱉었다. 목과 입이 타서 물을 달라 하셨지만 삼키지는 못하시고 입에 물었다가 뱉어야 했다. 위로 넘어가는 식도가 다 막혀서 아무것도 넘어가지 않았다. 배에 물이 많이 차서 숨이 가빠지면 의사가 와서 배에 주사기를 꼽고 가슴까지 올라온 물을 빼내곤 했다. 그럴 때마다 시원하다고 하셨다. 뽑고 나서 하루가 지나면 다시 물이 차올라 다시 의사를 불러야 했다. 어머니가 돌아가시기 며칠 전 말씀하셨다. "내가 목에서 가래가 끓는다. 일주일을 넘기기 어려우니 장례식에 쓸 술을 담가라." 언니가 술을 담갔다. 며칠 후 술을 떠오라 하시고 맛을 조금 보시고는 죽을 끓여 부으라고 하셨다. 김장하려고 텃밭에 심은 배추는 가꾸지 못해 포기가 작았지만 뽑아서 김치 담그라 하셨다. "장례식 날은 흰밥을 하는 것이 아니다. 팥밥을 해라." 그리고 며느리에게 따로 말씀하셨다. "장항아리에 장아찌는 가져다 아이들 도시락 반찬 해라. 환갑 때 해준 반지는 꼭 네가 가져가거라. 그리고 씨가 있는 집 자식들이니 힘들어도 재혼하지 말고 살아다오." 올케에게 간곡히 부탁하셨다. 당신의 하나밖에 없는 아들, 그 아들의 자식들을 끔찍하게 아끼고 귀히 여기셨다. 그 귀한 손주들 생각에 눈 감기 어려우셨을 것이다. 외아들의 자녀들, 그 소중했던 손주들을 부탁하시며 마음이 얼마나 찢어지셨을까? 눈을 감기도 어려우셨을 것이다. 그래도 어쩌면 그렇게 담담하게 당신 돌아간 후까지 꼼꼼히 챙기실 수 있었는지 모르겠다.

하루는 내가 들러보니 십여 일 곡기를 끊고 물 한 모금 넘기지 못하셨던 어머니가 미음을 가져오라고 하셨다. 아주 작은 뚝배기에 미음을 담아 가져다 수저로 떠 넣으니 꼬르륵 소리가 나며 넘어갔다. 한 입 분량만큼 남았을 때 그만하라 하시기에 꼭 한 숟가락 남았다고 마저 드리니 다 받아 잡수셨다. 사람이 늙어 자기 명을 다하고 죽을 때면 요기를 꼭 하고 간다고 하시더니 말씀 그대로였다. 숨을 거두시는 순간 배꼽 위에 올려놓은 어머니 두 손을 한 손으로 잡고 다른 손으로는 두 발 끝을 세워 붙들었다. 형부가 한지를 접어 턱에 대고 입을 다물어 드렸다. 숨을 거두시는 순간까지도 정신이 있으셨다. 어머니 당신이 준비하신 대로 장례식을 치렀다. 아들 대신 열네 살짜리 중학생 손자가 상복을 입고 상주 노릇을 했다. 조카 삼 남매는 남다른 할머니의 사랑을 받았고, 조카들도 할머니를 유별나게 사랑했다. 방학만 되면 꼭 가평에 내려와 있었다. 어머니는 그렇게 세상을 뜨셨다. 내 나이

스물일곱이었다. 어머니가 돌아가시고 속상한 일이 있거나 너무 힘들면 어머니를 부르며 통곡했다. 그렇게 십 년이 지나고 내 막내 아이가 죽고 나니 어머니 생각이 줄었다. 어머니는 늘 내게 말씀하셨다. "사람은 두 손을 배 위에 올려놓아야 입찬소리를 하는 거란다."

상주는 밖에 나가지 못한다. 제사도 여러 번이다. 안 상주들은 두어 시간 간격으로 방에 들어가 시신 앞에서 곡소리가 밖에 들리도록 곡을 해야 한다. 부모님상에는 "어이고어이고" 해야 하고 배우자상일 때는 "아이고아이고" 해도 된단다. 바깥 상주는 굴건제복을 하고 대나무 지팡이를 짚고 대청마루에 모셔놓은 상청 앞마당에서 문상객이 대문 안에 들어오면 곡을 한다. 문상객이 마루에서 "어이어이어이" 하고 내려와 마당 멍석 위에서 상주와 맞절을 한다. 날씨도 가을이었고 슬픈 장례식이었다. 별다른 일 없이 순적하게 잘 치렀다.

서울 가신 오빠는
소식도 없고

아버지는 그 어려운 왜정 시절에 하나뿐인 열네 살 짜리 아들을 개성 송도 중학교에 유학을 보내셨다. 개성에는 아버지의 사촌 형님이 개화된 기독교 가정을 꾸리고 계셨다. 먹을 쌀만 겨우 대드렸다고 한다. 가을에 농사가 끝나면 아버지는 허리에 쌀이 든 전대를 차고 두루마기를 입고 개성에 자주 가셨다. 당시 왜정은 소출도 많지 않은 논에 가서 벼이삭을 세어 추수한 후 공출할 양을 할당했다. 그것을 내지 않고 살 방도가 없었다. 그때는 지금처럼 땅이 비옥하지도 않았고 기계도 없었고 작물 품종도 개발하지 못했다. 농촌은 참으로 각박했다. 일본 사람들은 우리에게 쌀을 뺏고는 대신에 콩기름 짜고 난 콩깻묵을 갖다가 배급했다. 창씨개명한 내 이름은 구디모도 중기지였다. 학교에서는 한국말 몇 마디라도 하면 벌을 서야 했으니 약자의 설움은 이루 표현할 수 없었다.

어머니는 아들이 열네 살 나고부터 생일을 한 번도 차려주지 못했다고 가끔 눈물을 흘리셨다. 오빠는 학교를 졸업하고 나서 가평에 돌아와 잠시 사립 초등학교 2학년을 맡아 가르쳤다. 나는 여섯 살에 일본식 유치원에 다니고 나서 오빠가 교편을 잡았던 사립학교에서 한 학년을 다녔다. 여덟 살에 정식으로 초등학교에 들어갔다. 연희 전문학교에 입학했던 오빠는 왜정 말년 학도병으로 징집을 당해 용산에서 훈련을 받고 대만에 갔었다. 해방 후 1년이 지나서야 돌아왔다. 돌아온 후 서울 의대로 들어가서 공부를 다시 시작했다. 의대 4년을 졸업하고 나서 개업을 할 것인가, 군의관이 될 것인가, 인턴이 될 것인가 세 방향을 생각하시다가 공부하는 끝에 더 해야 된다고 적십자 병원 인턴으로 들어갔단다. 무척 어려웠다고 했다.

병원에서 일한 지 얼마 되지 않아서 6.25 사변이 터졌다. 선전포고도 없이 일어난 일이라 국방경비대도 아무 준비를 할 수 없었고, 심지어 외박 나간 군인들도 많이 있었단다. 북한군은 그대로 탱크를 몰고 일사천리로 남침을 했다. 생각지도 못했던 상황이 순식간에 벌어졌다. 워낙 갑자기 일어난 일이라 병원 원장조차도 피난을 떠나지 못했다고 했다. 병원은 부상병을 치료하느라고 정신없었다고 했다. 국군 부상병들을 치료하고 있었던 병원에서는 27일 아침에 인민군들이 들이닥쳐 국군 환자들을 실어 내가고 그 자리에 인민군을 갖다 눕히고 치료를 하게 했단다. 의사 한 명당 200명의 환자가 할당이 되고 우리 오빠는 살 속에 박혀 있는 탄알을 잘 빼내어 여기저기 불려 다니느라 분주했단다. 집에도 나오지 못했다. 오빠가 병원 일에 붙잡혀서 집에 나오지도 못 한다는 소식을 들은 어머니는 걸어서 서울로 올라가셨다. 며느리와 손주들이 굶어죽겠다고 하시며 데리고 가평으로 내려오셨다. 어느 날 난데없이 오빠의 편지 한 장이 인편을 통해 왔다. "평양으로 지명 받고 간다. 자리가 잡히면 가족들을 데리러 오겠다." 그런 내용이었다. 그 편지를 마지막으로 아무 소식을 받지 못하고 지낸 세월이 37년이다.

오빠가 떠날 때 8개월 아기였던 아들이 자라 아버지 뒤를 이어 의대에 진학했다. 졸업한 후 수련의 과정을 마치고 1975년 미국으로 이민을 갔다. 결혼해 아들 셋을 둔 가장이 된 조카는 가끔 아버지 연배 의사들을 보면 얼굴도 기억하지 못하는 아버지가 그립다고 했다. 그리고 미국 시민권을 받은 후 북한에 갈 수 있게 되자 아버지 소식을 수소문했다. 소식을 듣게 된 것이 1987년이니 꼭 37년 만이었다. 살아계셨다. 조카는 1988년 1월 북경을 거쳐 북한으로 아버지를 만나러 떠났다. 그리고 함경

남도 북청에 살고 있는 아버지를 만나 4박 5일을 함께 지내고 돌아와 서울 가족들에게 다녀온 이야기를 전해 주었다. 북한 방문자라고 해서 감시원이 따라 다녔다고 한다. 나는 날마다 울면서 기도했다. 비단구두 사가지고 오신다더니. 서울 가신 오빠는 소식도 없고. 뜸북새 노래를 부르며 많이 울었다.

그리고 10년이 지난 1998년에는 가족 여럿이 중국에서 오빠를 만났다. 조카 셋, 둘째 조카사위, 그리고 나 다섯 사람이 연변으로 떠나 조선족 집을 빌려 밥을 해먹으며 사흘을 같이 지냈다. 그러고서 오빠가 건너왔다는 두만강가로 모셔다 드리고 서울로 돌아왔다. 헤어지고 48년이 지나 다시 만났건만 사흘 만에 또다시 헤어진 것이다. 1990년 초부터 북한에서는 흉년이 계속되었고 고기도 잘 잡히지 않고 배급이 끊겨 300만 명이 굶어죽었다는 소식이 들려왔다. 아들이 계속해서 송금을 해드렸으니 조금 나으셨을 것이다. 2003년 5월 미국의 아들로부터 송금을 받은 것을 끝으로 소식이 끊겼다. 돌아가신

엄마의 삶이라는 것

것이다. 올케도 그 해에 돌아가셨다.

스물일곱에 납북된 후 군의관으로 일하며 훈장으로 왼쪽 가슴을 꽉 채울 정도로 국가에 충성했다는데, 칠십 세가 되니 함경남도 북청으로 보내졌고 배급도 끊어졌다고 한다. 외국에 친척이 없는 사람은 죽을 수밖에 없었단다. 본인이 의사였어도 다리를 다치고 나서 치료를 못해서 절고 계셨다. 무슨 약을 개발했는데, 무용지물이 됐다고 아들에게 말씀하셨단다. 식사 후에도 초콜릿을 잘 잡수셔서 딸들이 울었다. 우리를 만나러 오실 때 까만 천으로 만든 신발을 신고 오셨는데, 우리나라에서는 오래전에 신었던 학생들 실내화였다. 신고 간 신발이라도 벗어드리고 싶었지만 가지고 갈 수 없었다. 몰래 밤중에 강을 건너왔으니 신발이 바뀌면 의심을 받을 수 있기 때문이었다. 돈과 함께 옷을 여러 겹 겹쳐 입고 배낭에 먹을 것을 짊어지고 가셨다. 집 밖에까지 나가보지도 못하고 집 안에서 그대로 배웅해드렸다. 공안원에게 들키면 안 되기 때문이었다.

다시 만난 오빠 모습은 예전과 전혀 달랐다. 패기 있고 당당하던 오빠의 모습은 흔적도 없이 사라지고 우리나라 산골에서 농사짓는 할아버지로 보였다. 연세가 칠십오 세인데도 구순의 노인 같았다. 길에서 만났으면 알아보지도 못했을 것이다. 오빠를 만났을 때 여쭈어보았다. 끌려가다가 도망쳐 온 사람들도 더러 있었다던데 왜 오빠는 그러지도 않으셨느냐고. 오빠는 일행이 일곱 명이었는데 전쟁이 오래가지 않을 것으로 생각하고 그렇게 맘먹은 사람이 하나도 없었다는 것이었다. 와이셔츠 바람에 여름옷 몇 가지 들고 갔단다. 북한군이 남한으로 쳐들어와 저항도 받지 않고 점령하면서 일반 의사들이 다 군의관으로 전장에 가고 없고 대신 우리 의사들이 배치되었다. 오빠 일행은 평양으로 배정되어 떠나면서 모두가 전쟁이 속히 끝날 것이라고 생각했단다. 한 번만 만나게 해달라고 얼마나 애원하며 기도했는지 모른다. 오빠가 그리워서 참 많이 울었다. 그런데 이상하게도 딱 한 번 만나고 돌아와서는 간절하게 보고 싶었던 마음이 사라졌다. 인간의 마음이 이런 것인지 나 자신도 놀라웠다. 국가기관에서 사변 당시 납북인 명단을 보내와서 신고하라고 했지만 오빠는 이미 돌아가신 뒤라 그만두었다. 의료인이 341명이었는데, 오빠 성함 한철교도 있었다. 정치인, 애국단체, 국가공무원, 의료인, 법조인, 언론인, 종교인 등 1950년에 정부가 작성했던 것을 다시 작성한 것이라고 했다.

오빠는 징병 떠나기 직전 스무 살 나이로 올케와 결혼해 1남 2녀를 두셨다. 올케 이원희 권사님은 서른에 남편과 이별하고 53년이라는 긴 세월 동안 삼 남매를 잘 키워내고 손자 일곱을 두셨다. 자식들 뒷바라지 하시느라 고생도 참 많이 하셨다. 외롭고 힘든 삶이셨을 텐데 잘 이겨내셨다. 우리 가정을 든든히 지켜주셨기에 내게 친정이 있었고, 그래서 나는 언니를 존경하고 순종하며 살았다. 감사했다. 2003년 5월 6일에 83세로 세상을 떠나셨다. 돌아가시기 전 13일 동안 병원에 입원하셔서 검사 다 하시고 노환이라는 진단을 받고 퇴원하셨다. 헤어진 남편은 다시 만나지 못했다. 긴 잠을 주무시고 나시더니 옆에 있는 딸에게 남편과 함께 어디를 갔었다고 말씀하시고 일어나 앉아 숨을 거두셨다. 사람이 죽는 것은 하나님이 정한 것이다. 어떤 사람이나 태어날 때가 있고 죽을 때가 있다. 삶의 연한은 하나님의 권능 안에 있는 것이고 죽은 후에는 심판이 있지만 죽을 때 고생 많이 하지 않고 죽는 사람은 복이 있는 사람이다. 나도 그렇게 세상을 떠나면 좋겠다. 오래전부터 늘 기도하고 있다.

나를 부르실 때 험하고 추한 꼴 남에게 보이지 않고 아이들에게 누가 되지 않게 내 영혼을 받아주시옵소서.

순길에게

　네가 보내준 편지를 눈물과 함께 구절구절을 더듬어 보았다. 그러면서 너에게 중학교 보내주겠다고, 일 년만 참으라고 하던 그때가 그리워 못살겠구나. 우리 집에서 아니 우리 한씨 집안에서 유치원에 다닌 것은 너 하나이고, 공부도 잘하고 욕심도 많고 누구에게도 지려는 성격이 아닌 내 동생 순길이.

　이제는 너도 환갑 나이를 넘었으니 세월의 흐름에 원한이 있을 것이다. 집안의 외아들인 나, 오빠를 위해서 모든 정성을 다해 받들어주던 동생이 그리워 죽겠구나.

늙으면 모든 감정이 메말라 눈물이 없다던 속담이 있으나, 어째서인지 세월이 갈수록 많아지는 눈물을 억제할 수가 없구나.

너희들은 내가 여기서 다른 엄마를 얻어서 살고 있으니 마음이 편할 것이라 생각하고 있을 거다. 그러나 사실은 안 그렇다. 언제나 원희 생각, 나의 첫사랑인 그대 생각, 나를 공부시키느라 목판장사하고, 졸업반이었을 때는 시집올 때 해온 공단 두루마기까지 팔아 제공하던 그 정성을 언제나 생각하고 내 가슴에서 사라지지 않는다. 내 눈을 감을 때에도 누구에게도 말할 수 없는 이 사연을 가슴속에 품고 갈 것이다.

내가 속절없이 사라진 후에도 그 어린것들을 키워 떳떳하게 내세운 그 여성을 내 어찌 잊으랴!

이 글을 쓰면서도 흐르는 눈물을 억제할 수 없어 수건을 곁에 놓고 한 자 쓰고 또 한 자 쓰고 있다.

이제 나의 희망은, 내가 바라는 것은 원희를 다시 만

나 얼싸안고 싶은 생각, 다음은 너희들, 내가 정성들여 키우지는 못했지만 나의 혈육들, 나의 손자들, 그리고 태화, 경화를 한 번 만이라도 보았으면 한다.

그 길은 오직 하나.

통일의 그날을 바라는 것이다. 통일은, 반드시 온다. 2000년, 또 그렇지 않으면 몇 해 안 가서 된다. 나는 기다린다.

그러기 위해서 원희…… 원희도 팔십 이상 살 것이다. 나도 그때까지 살기 위해서 온갖 노력을 다하고 있다. 가능한 것이다. 다음은 내 기어이 가시덤불을 헤치고 내가 주동이 되어 가련다. 언제 되겠는지 확답할 수 없으나 이루어질 것을 믿으면서…….

원희에게 편지 한 장 쓰고 싶으나 선뜻 붓을 들게 되지 않는구나. 우리 사랑하던 그 시절, 산해관에 갔을 때, 매일같이 편지하던 그 심정은 50년이 지난 지금까지 없어지지 않고 있다고 전해다오.

고모님께

안녕하시다는 이야기만 듣고 있습니다.

열심히 사시는 모습, 밝은 미소의 고모님 모습, 너무나 아름답습니다.

주님께 감사합니다.

제 마음속에는 항상 남아 있는 의문이 하나 있습니다.

궁금해서 고모님께 꼭 여쭈어보고 싶었습니다.

많은 사람들이 자기 가정을 가지고 또 자식이 생기

면 자기 집안 챙기기에 바쁜 세상, 자기 자식들에게만 신경을 쓰고 살아가다 보면 서로 가까운 것 같았던 형제들 사이도 희미해져 가는 그런 세상에……

왜?

왜, 고모님은 친정 조카를 위해서 그렇게 오랫동안 애쓰셨는지요?

제 가슴에 영원히 남아 있을 사랑입니다.

감사합니다.

종석 드림

◆ 미국에서 의사로 활동했던 조카는 캘리포니아 샌안토니오 병원에서 32년 동안 의료인으로 헌신했던 업적을 인정받아 2018년 9월 18일 가장 영향력 있는 의사에게 수여하는 터너 상(2018 Turner Award)을 받았다.

엄마의 삶

시대를 잘못 만나지
않았더라면

나는 1936년 4월 23일 경기도 가평군 읍내리 614번지에서 태어났다. 집 앞에는 도랑이 흘러 다른 개울들과 모여 북한강으로 흘러들어 갔다. 동쪽에는 보납산이 있었다. 명필 한석봉 씨가 군수로 일을 보면서 글을 써서 어딘가 묻어두어서 그런 이름이 붙여졌다고 한다.

아버지는 43세, 어머니는 41세로 나는 막내딸이었다. 아버지 한성리 씨는 엄하셨고 사리가 밝으셨다. 동네 구장을 하셨다. 다른 사람의 일도 그대로 넘어가지 못하고 사리를 분명하게 따지시는 분이라 동네에서 무서워했다. 젊은이들이 싸움을 해도 우리 아버지가 가시면 끝이 났다고 한다. 그래도 나는 막내라고 사랑을 받았다는데 아버지를 생각하면 무서웠다는 기억뿐이다.

어머니는 내가 태어날 때 태몽을 꾸셨다고 한다. 우리 집 바깥마당에서 길로 나가는 언덕에 서서 도랑 건너 동쪽 하늘 보납산 위로 큰 별 하나가 올라오는 것을 보셨다는 것이다. 동네 어르신들이 아들을 낳을 태몽이라고 기뻐하셨다고 하는데 막상 낳고 보니 딸이라 실망이 크셨다고 한다. 위로는 오빠 한 분과 언니 둘이 있어서 아들 하나가 더 있기를 바라셨을 것이다.

여섯 살 되면서 일본 유치원에 다니기 시작했는데, 처음에는 가기 싫다고 떼를 쓰는 통에 어머니가 몹시 속이 상하셨다고 했다. 유치원에서 배웠던 일본어 노래가 가끔 떠오르기도 한다. 초등학교 입학하기 전 1, 2학년 두 학년만 있는 사립학교에도 다녔다. 초등학교 다니기에는 나이가 너무 적거나 아니면 너무 많은 학생들 그리고 공부가 모자라는 학생들이 다녔다. 개성 송도 중고등 학교를 나온 오빠가 군에 입대하기 전, 왜정 학도병으로 끌려가기 전에 잠깐 임시 교사로 계셨다. 오빠가 계시니 든든한 마음에 의기양양하게 학교에 다녔다. 왜정 말 초 등학교 2, 3학년 때는 제2차 세계대전 중이었다. 공습경 보가 울리면 솜을 둔 모자를 쓰고 방공호에 들어가야 했 고 겨울에는 난로의 땔감으로 솔방울을 주우러 학교 뒷 산 길고 깊은 곳으로 단체로 가기도 했다. 가다가나는 다 배웠고 히라가나를 배우다 해방되었는데, 지금은 한 자 도 쓰지 못하는 것이 이상하다.

여자아이였지만 생김새나 성격이 아버지를 닮아 조 용하면서도 강직한 편이었다. 불의를 보고 그냥 지나치 지 못하고 일단 한 번 아니라고 생각한 것은 끝까지 아 니었다. 좀체로 타협하지 않는다. 부지런해서 잠시도 가 만있지 못하고 무언가 일을 찾아 한다. 일을 하지 않고 가만히 있으면 살아 있는 것 같지가 않다. 어느 자리에 있더라도 내 눈에는 언제나 일거리가 보였다. 요즘은 무름도 종종 아프고 이곳저곳 아픈 데가 많아 전 같지 않지만 가만히 쉬어 본 적이 없다. 건강을 타고났는지 큰 병치레도 한 적이 별로 없다. 학교 다닐 때는 6년 우등하고 5년 정근했다. 아버지 장례식 때 하루 빠져서 개근을 하지 못했다.

내 인생을 생각하면 늘 억울하고 분하다. 시대를 잘못 만나지 않았더라면, 아버지가 계셨더라면, 오빠가 실종되지 않았더라면 내 인생은 이렇지 않았을 것 같아 아쉬움이 크다. 그렇게 하고 싶은 공부를 못하고 무식하게 늙어버렸다. 한때는 아이들 공부시키고 나면 내가 해야지 하는 희망도 가져 보았지만 뜻대로 되지 않았다. 죽고 싶을 때도 여러 번 있었다. 믿음을 갖고 나서는 성경공부를 열심히 하며 위로를 받고 있다.

왜정 말기 모두가 어려웠던 시절이었다. 큰언니는 일본 사람들이 머리를 쪽지지 않은 처녀들을 공출한다고 해서 급히 열여섯에 시집을 보냈다. 양반집을 찾다가 형편이 어려운 집에 출가해서 고생이 많았다. 해방 직후에는 작은언니도 출가해 집을 떠났다. 다른 집도 마찬가지였지만 종이 한 장, 연필 한 자루 사기 어려웠다. 나는 서울에서 오빠가 갖다 주는 거무스름한 재생지로 산수 연습 문제를 풀었는데, 아른아른하게 비칠 정도로 얇아 잘 찢어졌다. 글씨를 힘주어 눌러 쓰면 안 되었다. 연필이 닳아서 쥘 수 없게 되면 거기 따개를 끼워 썼다. 가난한 시절을 겪었던 사람들이 대개 그렇지만, 나는 지금도 종이 한 장도 허투루 쓰지 않는다. 연필이나 볼펜도 끝까지 써야지 중간에 버리는 일이 없다.

초등학교 다닐 때 나는 공부를 잘하는 편이었다. 열심히 노력도 했다. 산수가 재미있었고 외우기를 잘해서 사회 국어 과목 성적이 좋았다. 그리고 국어 시간에는 모든 단락을 한 학생이라도 암기해야 다음으로 넘어갈 수 있었는데, 그 역할도 주로 내가 했다. 과학은 어려워 공부하기가 싫었고, 음악이나 미술에는 지금 생각해도 영 소질이 없었다. 국어, 사회, 특히 역사는 가장 좋아하는 과목이었다. 역사 과목이 특별히 더 좋았다. 남녀공학이

엄마의 삶이라는 것

었는데, 5학년 때 이완용의 증손녀가 우리 반에 전학을 왔다. 그 집 사 남매는 모두 머리가 좋았다. 아무리 밤을 새워 공부해도 따라갈 수가 없었다. 결국 졸업할 때는 그 아이가 1등을 하고 내가 2등을 했다. 졸업하고 나서 그 아이는 서울 이화여자 중학교에 진학했다. 나는 기차로 통학할 수 있는 춘천 사범학교에 지원서를 냈지만 시험을 포기했다. 입학금이 없는 내 처지가 안 되었는지 담임 선생님이 입학금을 내주시겠다고 하셨다. 교장 선생님도 모교를 위해서도 너는 진학을 해야 한다고 말씀하셨지만 오빠의 생각은 달랐다. 당시 학원에서 수학 강사를 하면서 의과대학 졸업반에 있었던 오빠는 남의 신세 지지 말고 1년만 쉬면 자신이 졸업하고 나서 진학하게 해주겠다고 하셨다. 그리고 영어와 수학만 1년 동안 열심히 공부하면 고등학교로 바로 들어갈 수도 있을 거라고 하셨다. 그렇게 진학의 꿈을 1년 늦추었던 것이 한없이 길어져 이제 팔순이 넘었다.

홀로 힘들게 농사를 짓고 계셨던 어머니에게 내가

큰 도움이 되었다. 우리 집에는 어머니와 나 그리고 취학 전 조카 둘 모두 네 식구가 살았다. 오빠는 서울에서 올케와 막내 조카를 데리고 돈을 벌어가며 공부를 계속하고 계셨다. 주말이 되면 밤 기차로 내려왔다가 먹을 것을 챙겨 새벽 다섯 시 기차를 타고 서울로 올라갔다. 1950년 의대 4년을 졸업하고 적십자병원에 인턴으로 들어갔다. 중학교 진학을 포기한 나는 어머니 농사일을 열심히 도왔다. 논에 물을 대느라 밤에 도랑가에서 물길을 지키기도 하고, 벼가 익으면 논둑에 앉아 참새 떼를 쫓아버리기도 하고, 도리깨질을 해서 콩을 떨고, 가을이 되면 겨울 땔감을 모으기 위해서 나무를 하러 갔다. 가을에는 겨울 준비하느라 날마다 어머니와 둘이 산에 나무를 하러 갔다. 맨손으로 삭은 나무뿌리를 뽑고 떨어져 마른 솔잎을 갈퀴로 모으면서 어머니 손끝은 갈라져 피가 흐를 때도 많았다. 솔가지를 꺾어 한 묶음씩 묶어 내 머리에 먼저 이어 주시고 어머니는 언덕진 곳을 찾아 나무 다발을 세워가지고 혼자 머리에 이고 내려오셨다. 나는 얼른

엄마의 삶이라는 것

빈 외양간에 짐을 내려놓고 어머니가 이고 오시는 것을 받으러 갔다. 나무단을 머리에 이고 돌아올 때면 가평 학원에서 공부를 끝내고 돌아오는 경반리 아이들과 마주치지 않으려고 길을 피해 밭으로 내려왔다. 지금 생각하면 다른 아이들은 내가 누군지도 몰랐을 텐데 자격지심이었다. 이웃에 살았던 동갑내기 친구 하나는 계집애를 중학교에 보내면 집안에 불을 질러버리겠다는 할아버지 때문에 형편이 되어도 진학을 못했다. 그 친구도 나처럼 1년을 쉬었다가 나와 함께 진학 준비를 했다. 그러다가 6.25 사변이 일어났다. 내 진학의 꿈이 영영 사라졌다.

전쟁의 상처

1950년 6월 25일 아침 포성과 함께 인민군이 쳐들어 왔다. 우리는 잠시 남쪽으로 피했다가 금방 다시 돌아왔다. 언니가 스물하나, 내가 열다섯, 두 조카딸이 일곱 살과 네 살이었다. 1.4 후퇴 때 집은 폭격으로 불타버리고 가족은 모였으나 먹고살 길이 없었다. 하지만 사람이 죽으란 법은 없다더니 올케 언니가 친구의 오빠를 만나게 된 것이다. 미군 14 공병대 군속으로 식당에 근무하시는 분이었다. 우리 집에서 큰길을 건너 사대부중 자리에 있었다. 친구를 데리고 왔는데, 올케 음식 솜씨에 반해서 많은 사람들이 드나들며 우리가 생활할 수 있게 해주었다. 식구가 많아 함께 살 수 없어서 어머니와 언니 그리고 나는 마장동 당고모 댁으로 갔다. 고모님 주선으로 작은언니가 재혼을 했다. 나는 길가에 좌판을 놓고 장사를 했으나 되지 않았다. 지금 생각하면 어떻게 만났는지 모르겠는데, 두 살 아래 친구를 알게 되어 둘이 군용차를 청량리 밖에서 얻어 타고 가평으로 행상을 다녔다.

1.4 후퇴가 지나고 어머니는 언니를 춘천 시댁에 보내야겠다고 하셨다. 가평을 가시겠다는 것이었다. 눈도 많이 쌓였는데 언니를 보내고 나면 어머니는 홀로 어떻게 사실까? 염려가 되어 나도 함께 떠났다. 해질 무렵 양주와 가평을 나누는 다리를 끼고 들어가 민가에서 하룻밤을 지내고 나왔다. 가평으로 가는 길에서 대성리역을 조금 지났을 때 길에는 아무도 없고 우리 세 모녀만 걷고 있었다. 뒤에서 가평 쪽을 향해 우리가 쌕쌕이라고 불렀던 전투기 네 대가 나타나 머리 위로 지나갔다. 두 번

째 전투기가 지나가면서 우리 앞에서 기관총 사격을 했다. 비행기 밑에서 불이 사방으로 흩어지는데, 그때 내 손을 툭 치는 것 같은 기분이 들었다. 그리고 왼쪽 손등에서 피가 솟구쳐 올랐다. 언니가 급히 지고 있던 이불짐을 내려 이불보를 찢어 상처를 싸매고 손목과 팔오금 밑에 두 곳을 잡아매고 걸었다. 한참을 가다가 인적이 있어 들어가 말하니 잎담배를 붙이면 지혈이 된다고 해서 열어 보았다. 손을 쓸 수 있을까? 걱정이 됐다. 다행히 잎담배 한 장이 지혈을 시켜주었다. 그리고 이십 리를 걸어 상천 당고모님 댁을 찾아들어 갔다. 가족이 다 피신하고 할머니 한 분만 계신데 우리 집이 피난민이 모이는 데냐고 버럭 화를 내셨다. 그 할머니 연세면 우리 어머니를 아실 만한데도. 그날 밤을 앉아서 새웠다. 손등이 너무 아파서 싸맨 곳을 조금 풀면 아픈 것은 덜한데 피가 흘러나올까 걱정이 됐다. 다시 잡아맸다가 풀기를 반복하며 밤을 새웠다. 다음 날 저녁 이웃집 아저씨가 와서 귀띔을 해줬는데, 인민군 몇 사람이 옆집에 왔단다. 어머

엄마의 삶이라는 것

니가 사정을 하셔서 백설탕 같은 가루를 조금 얻어 와서 바르니 지혈이 되었다.

　지혈을 했지만 검지 위 손등에 뼈가 위에서 뜯겨져 있어 완전히 아물지 않았다. 곪아서 조금 움직이면 고름이 터져 나왔다. 이틀 후 가평 쪽으로 십 리를 더 간 곳에 있는 상색에 갔다. 큰언니네가 살았던 곳이었다. 다 피난 가고 할아버지 한 분만 계셨다. 중공군이 방마다 가득 잠자고 있었다. 중공군은 후퇴하는 때라 밤이면 한국 사람을 길 안내로 앞세워 목적지까지 가고 낮에는 잠을 잤다. 특이하게도 그들은 여자를 거들떠보지도 않았다. 그 집에도 있을 수 없었다. 이웃집에서 뒷산 양지바른 곳에 있는 방공호를 안내해주어 거처로 삼았다. 문제는 식량이었다. 너머 동네에 어머니 먼 친척 집의 방앗간이 있었다. 거기 가서 방아 찧고 버려진 겨 더미를 키로 까불어 싸라기를 가져다 개죽처럼 끓여 먹으며 연명했다. 얼마 후 피난 갔던 큰언니 가족이 돌아왔다. 미군과 한국군도 들어왔는데, 그들은 여자들을 무자비하게 강간해서 짚가리 속에 들어가 앉아 있다 나오곤 했다. 서울에서 양식을 구하러 친척 아주머니가 어머니를 찾아오셨다. 어머니는 그 편에 나를 서울로 보내셨다. 서울 온 지 얼마 되지 않아 다시 피난을 갔다. 어머니와 언니는 여주 쪽으로 가고, 나는 올케언니와 조카들 셋을 데리고 용인으로 갔다.

가평으로 내려가 친구 집에 머물며 어머니를 기다리던 때였다. 미군 부대 이발사로 일을 하시던 친구의 오빠가, 아침 출근길에 나를 데리고 가서 흑인 의사에게 보였다. 의사는 마취도 없이 손등 부위를 칼로 도려내고 약을 바르더니 큰 반창고를 붙여주었다. 약도 몇 알 주어 집에 돌아와 먹고 나니 꽤 좋아져 지금 상태가 되었다. 왼쪽 검지는 아직도 완전히 구부러지지 않고 많이 쓰면 마디가 따갑고 아프다.

엄마의 삶이라는 것

내 인생에
무엇이 닥칠는지

어머니와 나는 혼자 사시는 당고모님 댁에서 살았다. 전쟁이라 그랬는지 무슨 유행처럼 위문편지들을 많이 써서 보냈다. 그때 무슨 생각이었는지 한집에 사는 동갑내기 외사촌 언니와 둘이 위문편지를 써 보냈다. 그 언니는 파주에서 살다 왔었다. 1사단에 아는 분이 있다고 언니는 1사단에 보내고 나는 중대장을 모시고 드나들며 어머니를 모친님이라고 불렀던 5사단 36연대 이등상사에게 편지를 보냈다. 이름도 잘 몰라 김한연 대신 김한양이라고 써서 보냈다. 그 편지가 연대본부에 갔으나 이름이 틀려 수취인을 찾지 못하고 묵고 있었는데 누군가가 뜯어 내용을 보고 주인에게 찾다 주었단다. 그 사람은 그 사람대로 가평 사람들이 많이 피난 갔던 양평, 여주까지 다 훑으며 찾아보았지만 우리를 찾지 못했다고 했다. 편지를 받아 보고는 다른 소위 편에 답장을 보내왔다. 그 사람이 찾아와서 몇 번 더 만났다. 그때 내 나이 열여섯이었다.

그 사람은 동해안 구경도 하고 자기가 있는 곳도 보러 가자고 어머니를 모시고 갔다. 소속되어 있던 5사단이 전방 고성, 간성에서 큰 손실을 보고 양양으로 휴식차 나왔던 참이었다. 대범하게도 그 사이 그런 일을 진행한 것이었다. 어머니와 함께 군용 트럭을 타고 오던 중 산에서 차가 낭떠러지로 굴렀다. 다행스럽게도 한 바퀴 구르면서 사람은 다 쏟아 놓고 차는 더 많이 밑으로 굴렀단다. 어머니는 팔이 부러지는 부상을 당해 어깨에 메고 오시고 그 사람은 아무 데도 다친 곳이 없었다.

엄마의 삶이라는 것

그리고 두서너 달 지났던 것 같은데, 어느 날 내게 청혼했다. 어머니는 고모님과 상의하셨다. 먹고살 길이 막막했던 형편이라 어머니는 한 입이라도 덜자는 집안 어른들의 말씀을 따라 승낙하셨다. 몇 달 지나 그 사람이 결혼하겠다고 왔다. 그 사람은 나를 보더니 결혼하러 왔다고, 어머니와 이미 상의했노라고 말했다. 내가 무슨 벌써 결혼이냐고 일방적으로 결정해 날을 받고, 그런 법이 어디 있느냐고 펄쩍 뛰었더니 화가 나서 고향으로 갔는지 며칠 보이지 않았다. 어머니와 올케가 박수에게 길한 날을 보러 갔더니 다음 날이 아니면 휴가 기일이 한참 지나서야 길일이 있다고 했다.

신랑 옷은 예식장에서 빌리면 되니까 신부 옷감만 끊어왔다고 올케 친구 분들이 밤새 방으로 하나 가득 앉아 저고리며 치마며 신부복을 만들었다. 이튿날 동대문 앞 영생예식부에서 결혼식을 올렸다. 내 나이 열일곱이 되었던 봄이었다. 나는 키도 다 크지 못한 단발머리 어린애였다. 전쟁 통에는 미군이나 다른 군인들이 젊은 여자들을 마구 끌어다 강간하는 일이 많아 상고머리로 깎고 지냈었는데, 그 머리가 미처 자라지도 못했다. 생머리를 다듬으러 미장원에 가니 미용사가 이 사람이 신부냐고 물으며 놀랐다. 이웃에 사는 몇 분이 하객이었다. 옆방 아주머니와 작은언니가 들러리를 섰다. 공부도 하지 못하고 결혼을 한 것이다.

그 사람은 첫날 밤 작은 메모지에 한자로 일편단심, 영원무궁이라고 적어 옷 속에 넣어주었다. 음력 3월 27일이었다. 며칠이 지나 귀대하면서 남편은 나를 데리고 군용 트럭 편으로 양양으로 향했다. 강릉에 도착해서는 강릉 상업고등학교 교장이셨던 작은외삼촌 댁에 나를 두고 양양 상평에 있는 부대로 돌아갔다. 전시였다. 외숙모가 사범학교 교사여서 내가 할 일이 많았다. 집안일을 많이 도와드렸다. 이십여 일 후에 군인 가족증을 가지고 삼팔교를 통과해 북평으로 가서 남의 집 윗방 하나 얻어 놓고 그곳에서 일곱 달을 살았다.

부대는 다시 전방으로 이동하고 남편은 한 주에 한

엄마의 삶이라는 것

번씩 오곤 했는데 오후에 오면 다음 날 아침 부대로 돌아가고, 오전에 오면 오후에는 귀대했다. 나는 남편을 만나면 집으로 가겠다고 졸랐다. 일곱 달 후에 다시 서울로 왔다. 와서 보니 어머니는 가평으로 돌아가 계셨다.

남편 부대가 다시 화천 북방으로 이동해 옥산포에서 두 달을 살고 휴가를 내어 처음 안동에 있는 시댁에 갔다. 내 나이 열여덟 가을이었다. 전시라 객차가 없고 화물차를 타고 갔다. 춥고 캄캄한 밤이었다. 새벽에 안동에 도착해 첫 버스를 기다리며 여관에서 잠깐 눈을 붙이고 나서 버스를 타고 시골길 칠십 리를 덜그렁거리며 갔다. 버스 지나는 길에 먼지가 많이 일었다. 동네 입구에 시어머니와 시누님이 나와 계셨다. 동네 분들도 많이 오셨다. 시어머니는 나를 보자 반갑게 맞아주시며 누런 구렁이 한 마리를 앞치마에 받아 방으로 들어오셨다는 꿈 이야기를 해주셨다. 태몽이었는데 그 무렵 임신이 되었다. 사투리가 심해 도무지 무슨 말인지 알아듣지도 못하겠는데, 이웃 사람들은 피곤한 어린 새댁을 보러 와 밤이 늦은데도 돌아가지 않았다. "자부러우면 자라." 시어머니의 그 말을 한참 후에 알아들었다. 그리고 이틀 후에 돌아왔다.

임신하고 8개월이 되었을 때 부대가 또 이동해 전북 장수군 장계로 지리산 공비토벌을 떠났다. 남편이 다시 오라고 해서 가보니 넓은 집의 방 하나를 얻어 놓고 있어서 잠시 살다 왔다. 제대 특명을 받고도 서부전선으로 이동했다. 36연대 연대본부 인사계였기에 할 일이 많았다. 부대가 이미 서부전선으로 이동을 하고 나서 한참이 지나서야 남편이 집에 왔다. 만기 제대 2차였다. 조금 늦추었으면 연금을 탈 수 있었을 것이다. 창설한 2연대 소속으로 4.3 사건 때 제주에 가서 귀부리가 조금 떨어져 나가는 부상을 당했다. 여수 순천 반란 사건도 있었다.

6.25 때는 6사단 7연대 소속으로 전투에 참가했다가 5사단 36연대 소속으로 동부전선, 중부전선으로 이동했다가 장수군에 가 지리산 공비토벌에도 참가했다가 서부전선으로 이동한 후 귀가했다. 휴전 직전 참가했던 화

엄마의 삶이라는 것

천 전투 승리로 화랑무공훈장을 받았다. 남편이 돌아오고 며칠 후 첫딸을 낳았다. 1954년 6월이었다. 더위에 숨도 잘 못 쉬고 열네 시간 긴 진통을 했다. 내 나이 열아홉 살이었다. 아이를 낳자마자 배도 홀쭉해지고 언제 그랬냐는 듯 몸이 날아갈 것같이 가벼워져서 다음 날 나와서 홀가분하게 돌아다녔다. 어머니가 말리셨지만 간단한 일은 내가 했다.

계절은 여름 중복이었고 비가 왔다. 애가 있어 나는 못 가고 남편은 고향에 다녀와서는 안동으로 내려가고 했다. 하지만 나는 어머니를 홀로 두고 갈 수가 없었다. 시어머님은 결혼한 누님이 모시고 함께 살고 계시고 시숙님도 계시는데, 곁에 아무도 없는 어머니를 홀로 계시게 버리듯 두고 갈 수가 없었다. 어머니가 한탄을 하셨다. 어쩌다 경상도 사람에게 너를 시집보냈는지 모르겠다고. 일단 내려가면 일 년에 한 번 보기도 어려울 텐데 하시며 눈물을 흘리셨다. 어머니는 나를 많이 의지하셨다. 나는 어머니를 홀로 두고 갈 수 없다고 남편에게 말했다. 남편은 취직하는 것보다는 장사를 하는 편이 나을 것이라고 생각하고 고향으로 내려가 돈을 약간 만들어 가지고 왔다. 나는 아직 돌이 안 된 딸을 등에 업고 가평 시장에서 가게를 열었다. 1955년 4월, 그때 내 나이 스무 살이었다. 부부 같지도 않고 남매 같지도 않은 젊은 사람들이 잘 하겠는가? 주변 사람들이 염려했단다.

그렇게 한 해가 가고 아들을 낳았다. 어머니는 당신을 닮아 또 딸을 낳을까 걱정을 많이 하셨는데, 다행이었다. 지금이야 예정일도 알고 아들딸 구별도 다 해주니 미리 준비를 할 수 있지만, 그때는 생리가 끊기면 그냥 그것으로 짐작하고 열 달 지나 진통이 시작되면 그제야 애를 낳고 받을 준비를 했다. 아이를 낳던 날은 이상하게 손님이 유난히 많았다. 일찍부터 어찌나 손님들이 많은지 남편 혼자 감당할 수 없어서 잠시 나와서 거들다가 진통이 심해지면 가게에 딸려 있는 살림집에 들어가 잠시 앉았다가 조금 괜찮아지면 다시 가게로 나왔다. 아침 일찍부터 그렇게 들락거리며 진통을 겪다가 열두 시 직전에 가게 문도 닫지 못하고 아이를 낳았다. 1956년 6월 초 여섯 일곱 시간의 진통 끝이었다. 그 해가 어머니 회갑 해인데 점쟁이가 피를 손에 묻히지 말라고 해서 다른 분에게 부탁했다. 그분이 얼른 순산하라고 옆 골목 한의원에 약을 지으러 간 사이 아이가 나왔다. 남편이 뒤에서 나를 붙들고 있는데 아이 손이 벌써 입으로 들어가려 해서 내가 두 손을 붙들고 앉아 있었다. 그 후 10년 동안은 불이 일어나듯 장사가 잘되어 돈을 많이 벌었다.

두 해 지나 셋째를 낳았다. 위로 두 아이는 어머니가 기르시고 막내 하나만 데리고 있었다. 막내는 1958년 6월 10일, 아침부터 진통해서 오후에 낳았다. 어머니 댁에 가서 낳고 나흘째 되는 날 집으로 왔다. 살림이 조금씩 불어나서 옆 가게 큰 것을 하나 더 살 수 있었다. 연결해서 터놓으니 닫았다 열었다 하는 문짝이 열두 개가 되었다. 문짝은 나무로 짠 것인데, 한 쪽으로 밀어서 빼고 옆 벽에 세워 놓았다가 저녁이면 같은 방법으로 닫았다. 식구가 같이 앉아 밥 먹을 시간도 없고 밤에 문을 닫고 나면 돈을 세면서 즐기가 일쑤였다. 뒤에 붙은 가게를 사서 방을 만들고, 골목 끝에 작은 집을 한 채 사서 썼다.

세 아이를 어머니가 데려다 키워주셨지만 힘들었다. 지금처럼 앉아서 배달해주는 물건을 팔기만 하던 시절이 아니었다. 처음에는 남편이 물건을 사러 서울로 다녔지만 둘째 낳고서부터는 내가 했다. 새벽 네 시에 일어나 남편 아침을 준비해 놓고 아이를 업고 다섯 시 기차를 타고 일곱 시에 서울에 도착했다. 그리고 용두동 친정 올케 댁으로 가서 아이 젖을 먹이고 아침 먹고 전차를 타고 동대문 시장에 갔다. 물건 가짓수가 많아 스무 집도 더 되는 집을 급히 다니며 끝내고 열한 시 반에 떠나는 경춘선 기차를 타야 한다. 급하게 주문 받은 것과 생선은 용달로 싣고 역에 와서 기차에 실어야 한다. 그 시간에 다른 가게에는 없는 물건을 팔 수 있도록 신경을 써야 한다. 야채가 귀할 때면 남편이 직접 밭에 가서 자전거로 싣고 온다. 나중에는 남편 고향 출신 학생을 고용해서 도움을 받았다. 아주머니 둘이 밤에 와 주문을 받아서 내가 했듯 주문 받은 물건을 기차에 가지고 와서 배달해주었다. 내가 직접 다니지 않고 장사를 할 수 있었다. 상자로 배달되는 큰 물건은 가평에 있는 가게들 주문을 모두 받아 화물차로 배달해주었다. 가평에 주둔해 있던 1군단 사령부가 거래했다. 매점과 식당은 자기들이 차를 가지고 와서 물건을 가져가니 편했고 돈도 많이 벌었다. 힘들다는 생각 없이 열심히 일했다. 열두 해 반 동안 돈도 벌어 서울에 상가 건물 하나와 살림집 하나 사 놓고 이사했다. 일을 도와주는 아이도 참으로 성실하고 부지런했다. 지금도 명절마다 찾아와서 세배를 한다. 함께 일할때도 그랬지만 친동생 같고 친척 이상이다. 시장 안에서 가장 알찬 가게가 될 정도로 번창하여 새벽부터 밤중까지 한눈 팔 시간도 없었고 밥도 제때 먹지 못했다. 남편 밥상을 차려 놓고 나면 정작 나는 먹을 시간이 없었다. 아침부터 참외 하나 까먹고 허기를 달래고, 또 정신없이 일을 하다 점심때가 되어 남편이 다른 일 보러 가고 없으면 그냥 참외 하나 더 먹고 저녁에야 겨우 밥을 먹게 되는 때도 있었다. 그때 몸을 돌보지 않아서 그랬는지 평생 위장병 때문에 고생하며 산다.

아들만 데리고 있고 딸은 어머니가 데리고 두 집을 오가시면서 키우고 있는 형편에 셋째 아이 돌이 되었을 때 넷째를 임신했다. 생각 끝에 남편 몰래 병원에 가서 주사도 맞고 약도 먹었지만 유산이 안 되고 결국 출산 때가 되었다. 열일곱에 결혼하고 2년마다 출산을 했지만 몸조리를 제대로 해보지 못했다. 내 나이 너무 어려 자식 귀한 줄도 몰랐다. 입덧도 별로 없이 뱃속에서 애가 노는 것도 느끼지 못할 만큼 바빴다. 산부인과 한 번도 가보지 않았다. 셋째를 낳고 나흘 동안 집에 있었던 것이 제일 오래 쉬었던 것이다.

어느 날 밤 산기가 있었는데, 출산이 안 되고 멎어버렸다. 그때 병원을 갔으면 아이도 살고 나도 고생을 덜했을 텐데 미련하게도 그대로 일만 했다. 한 일주일 지나 다시 산기가 있었다. 어머니가 우리 집에서 주무시며 아이가 나오기를 기다렸다. 그 시절에는 밤 열두 시가 되면

전기가 나갔다. 촛불을 켜 놓고 5분 정도 간격으로 세 차례 아프더니 양수가 터졌다. 어머니가 놀라 비명을 지르셔서 불구 아이를 낳은 줄 알았다. 양수가 약간 검은색이었단다. 딸아이였는데 울지를 않았다. 가까운 병원 의사가 와서 인공호흡을 해보았지만 허사였다. 사는 것이 너무 힘들어서 어머니와 내가 고생 좀 덜하라고 그리 되었나 보다고 별로 섭섭해하지 않았다. 그리스도인이 된 후 얼마나 회개했는지 모른다. 지금 그 아이가 살아 있다면 아이들이 서로 의지하며 살았을 텐데, 생각하면 미안하고 허무하다. 다음 날 나와 가게를 보면서 아기가 있었으면 젖먹이는 시간이라도 좀 쉴 수 있을 텐데. 그런 생각이 들기도 했다.

그 후 한 달 반 정도 지나 배가 몹시 아파서 다리를 절면서 일하고 있는데, 아는 분이 와서 지키고 서서는 빨리 준비하고 병원에 가자고 재촉했다. 이렇게 돈 벌어 놓고 죽으면 누구 좋은 일을 시키겠냐 했다. 끌려가다시피 유명하다는 춘천 송 산파에게 갔다. 이야기를 들은 의사는 마취도 하지 않고 자궁에 남아 있던 태반 찌꺼기를 긁어냈다. 아픔이 멎었다. 탯줄이 망가져 아이에게 영양 공급이 안 되었다고 했다. 내 자신이 얼마나 혐오스러웠는지 모른다. 남편 혼자 공동묘지에 가서 시신을 묻었다. 태반은 사흘 후 갖다 버렸다. 그리고 생리가 또 멎었다. 지금처럼 피임약이 따로 있었던 시절이 아니었다. 아는 사람을 따라 허가도 없는 의사에게 갔다. 무슨 약을 넣었다는데, 넓적다리가 다 끌려들어 가는 것 같고 배가 뜯기는 것처럼 아파서 죽을 것 같았다. 그 후부터 임신이 되지 않았다.

스물다섯밖에 되지 않는 나이에 네 아이를 낳았지만 내 인생에 무엇이 닥칠는지 전혀 알지 못하는 어린양에 불과했다. 아버지를 일찍 여읜 막내로 학업을 포기해야 했던 나는 아이들의 공부에 모든 정성을 쏟았다. 세 아이 모두 입학 통지서를 받기 전에 초등학교에 보냈다. 부엌에서 밥을 하면서 책을 놓고 받아쓰기도 하고 틀리면 어린것들을 회초리로 벌을 주었다. 극성을 떨었는데, 그래도 잘 따라주었다. 당시에는 시골에서 학교를 다니면 서울에 있는 중학교나 고등학교에 진학할 수 없었다. 아이들을 3학년까지만 가평에서 초등학교에 보내고 4학년이 되면 서울 올케 밑으로 보내 나머지 3년을 다니게 했다. 딸은 5년, 큰아들은 3년, 막내는 2년 동안 올케가 맡아 키워주셨다. 아이들은 건강하게 잘 자라주었지만 어렸을 때 돌보며 사랑해주지 못해 미안하다.

1967년 가평을 떠나기로 작정하고 서울에 상가 건물 한 채와 단독주택을 샀다. 상가 건물 주소가 우리 본적지가 되었다. 서울에 와서 할 일을 찾으며 1년 쉬는 동안 그간 모았던 돈을 많이 잃었다. 돈을 빌려 간 사람들이 사업에 실패했다며 돌려주지 않기도 하고 속이기도 했다. 건물에 세 들어 있던 가구점을 내보내고 다시 장사를 시작했다. 살림집으로 썼던 건물 3층에는 구들을 놓지 못해 침대를 놓고 살았는데, 겨울이면 몹시 추웠다. 그때 나는 삼십 대 후반이었다. 새벽이면 아이들 셋 도시락을 싸고 새벽밥을 해서 먹여 보내야 하고 자다가도 물건이 오면 받아야 했다. 밤중에 문 닫고 들어가면 세탁기도 없는 시절 빨래하고, 그렇게 살림하며 살았다. 아이들이 공부 잘하는 것이 만족스러워 힘든 줄 몰랐다. 큰아들은 중학교 입시공부를 하고 있었고, 경기중학교에 입학했다.

새로 시작한 장사가 잘 되지 않아 은행 대출금을 매달 상환하며 힘들게 유지했다. 도둑도 많이 들었다. 우리가 보는 앞에서 물건을 박스 채 들고 나가는 사람도 있었다. 손해를 많이 보고 자본도 부족하여 1968년 가을에 쌀가게로 바꾸었다. 시골에서 조카가 와서 도왔지만 그것도 너무 힘이 들어 1970년에 삼양라면 대리점을 시작했다. 밀가루 중간 도매도 하고 설탕도 취급했다. 젊은 사람 둘을 고용했다. 남편은 바깥일 보느라 밖에 나가 있는 시간이 많아 트럭으로 배달되는 물건을 가게에 쌓는 일까지 거의 내가 했다. 트럭을 가게 앞에 세우면 점원들이 두 포씩 받아 메고 가게 안으로 들이고 나는 그것을 받아 쌓았다. 밀가루 자루는 22킬로이고 설탕은 15킬로였다. 가로 세 포, 세로 두 포씩 놓으면 네모반듯하게 한 층이 되고, 그 위로 가로 두 포 세로 세 포를 쌓으면 쏠리지 않고 반듯하게 쌓인다. 그렇게 80~90포를 쌓다가 그 위에 앉아 잠시 쉴 틈이 나면 숨이 얼마나 가쁜지 모른다.

저녁이면 배달한 물건 계산서를 써서 수금해 와야 하고 새로 물건도 주문해야 했다. 참 바쁘고 힘들었다. 설탕 밀가루 등 세 물자 가격이 급등한 삼분(三粉)파동 때는 살림집으로 설탕을 올려다 놓았다가 가격이 오른 뒤에 팔아 이익을 보기도 했다. 저녁이 되면 3층 살림집에 가서 다섯 식구와 점원 두 명이 먹을 밥을 했다. 빨래는 밤중에 하고 바느질할 것이라도 있으면 들고 앉아 한두 시간 졸다 깨어나 마쳤다. 빌려준 돈을 돌려받지 못해 이렇게 고생한다고 남편이 화낼 때면 참으로 야속하고 슬펐다. 올케가 가끔 반찬을 해주셨다. 그렇게 3년 반을 살았다.

라면 대리점을 할 때는 아침마다 백 개가 넘는 박스가 들어왔다. 큰 트럭 기사가 차 안에서 바닥으로 밀어내면 밖에서 받아서 쌓아야 한다. 배달 갔던 점원들이 돌아오면 도와주기도 했지만 날마다 내가 쌓았다. 박스 무게가 무겁지 않은 것이 다행이었다. 들고나는 물건이 많아 남이 보기에는 퍽 많이 버는 것 같았지만 수입은 그리 좋지 않았다. 도둑도 가끔 들었다. 대로변에 자리가 좋아 빙그레 우유 아이스크림 대리점으로 바꾸었다. 경리를 따로 두고 배달원들이 열두 명이나 되었다. 방 크기만 한 큰 냉장고와 드라이아이스를 쓰는 작은 냉장고가 있었다. 배달원들은 아침에 나와 물건 수를 확인하고 자전거에 싣고 나갔다. 남자들은 소매점에 배달하고 여자들은 배정받은 집에 방문 배달했다. 저녁때가 되면 큰 냉장고에 들어가 각 종류대로 아이스크림 재고를 파악해 부족한 것을 주문했다. 우유도 마찬가지였다. 우유는 들어오는 시간이 정해져 있지 않아 밤 열 시 넘어서 아무 시간이고 문을 두드리면 일어나 받아야 했다. 많이 힘들었다.

죽은 아들의 모습을
가슴에 담고

1974년 두 아이가 대학생이었다. 딸은 3학년이었고 큰아들이 1학년이었다. 막내가 고등학교에 진학했다. 한 해 재수를 하고 난 후였다. 어느새 자라 키가 크고 체격이 좋았던 아이는 운동을 좋아했다. 주말이면 등산반 선배들과 산행을 했다. 1학기를 마치고 첫 여름방학 때였다. 학교 예비 소집일인 8월 14일 북한산에서 야영을 하고 다음 날 아침 인수봉을 오르는 등반 일정이었다. 네 명이 한 팀으로 인수봉 A코스를 오르다가 사고가 났다.

비가 내리는 늦은 아침이었다. 선두에 섰던 아이가 젖은 바위에 미끄러졌고 자일로 같이 묶여 있던 두 아이가 같이 떨어졌다. 바로 그때 자일을 다시 매려고 잠시 풀었던 아이 하나만 살았다. 1974년 8월 15일 광복절 영부인 육영수 여사가 총에 맞는 사건이 일어났던 날이고 1호선 지하철이 개통되던 날이었다. 우리 아들은 맨 마지막에 매어 있어 추락하면서 가장 많이 충격을 받았다. 조카가 성 바오로 병원으로 옮겨 다친 머리를 수술하고 붕대로 싸맨 뒤 아이를 내게 보여줬다. 팔이 부러져 있었다. 화장해서 다른 두 아이들과 함께 인수봉 아래서 재를 흘려보낸 지 사십 년이 넘었다. 죽은 아들의 모습을 가슴에 담고 살았던 세월이었다. 등산반 선후배들이 인수산장 가는 길 넘어가는 고개 오른쪽 중턱에 비석을 만들어 세웠다. 세 아이의 이름과 생년월일을 적고 이은상 시인의 시를 새겨 넣었다. "백운대 창공에 산새 되어 날고, 인수봉 바위틈에 산꽃으로 피어, 우리 여기 올 적마다 그대들 이름 부르마." 그 후 20년 동안 매년 추도식을 해주었다.

엄마의 삶이라는 것

그리고 공식적으로 행사를 끝냈다. 한동안 나는 혼자 올라가 울다 오곤 했다.

1976년에는 딸이 대학을 졸업하고 프랑스로 유학을 떠났다. 아들 혼자 3층에 두고 남편과 나는 1층 가게 구석에 작은 방을 만들고 그곳에서 자면서 일을 했다. 매일 우유를 60~70짝을 받아 놓고 남편은 자고 나는 배달원 능력대로 나누어 놓으면 새벽에 와서 각자 가지고 나간다. 그것을 나누어 놓고 숫자 맞출 때는 서서 조는 때가 많았다. 하다 말고 무릎이 콱 꺾였다. 놀라 깨어 다시 하다가 또 졸고, 그렇게 끝내고 조금 자고 나면 아침 식사 준비를 해야 한다. 날마다 반복되는 일과에서 음력 명절, 추석 이틀밖에는 쉬지 못했다. 잠이 부족해서 어떤 때는 팔을 접고 엎드려 잠이 들어 책상 위에 전화벨이 울려도 못 들었다. 판매원들이 십일조 하는 대신 총무 하나 두면 좀 덜 피곤할 것이라고 했지만 그 중요한 일을 남에게 맡길 수 없었다. 그렇게 또 3년 반을 하고 나서 조카사위에게 넘기고 좀 편한 당구장을 시작했다. 잘 되었는데,

주인이 자기 딸을 주어야 한다고 내달라고 해서 3년 고생한 보람도 없이 권리금을 손해보고 정리했다. 1978년 11월 새로 지은 청량리 미주아파트로 입주했다. 편히 살면서 내가 하고 싶었던 공부를 시작해보려고 하니 딸이 두 돌 직전 아이를 데리고 왔다.

나는 일만 열심히 했지 물정에 얼마나 어두웠는지 재산이 불어났어도 내 소유라고는 전화기 한 대도 없었다. 상가 건물과 살던 집을 처분해서 지하 1층 지상 3층짜리 건물을 사서 거기서 나오는 임대 수입으로 살게 되었다. 집세만 받고 사니 생활이 어려워졌고, 나는 생활비를 받아서 쓰게 되었다. 한 번은 계를 모으기도 했다. 겨우 두 번이 지났는데 1979년 외환위기가 닥쳐 자기 차례에서 돈을 타고 내지 못하는 사람들이 늘어났다. 책임 맡은 내가 물어내게 되면서 남편에게 생활비를 타서 사는 나로서는 있던 돈이 다 들어가도 빚을 지게 되어 그 빚을 갚는데 10여 년 걸렸다. 엎친 데 덮친 격으로 그 일이 다 수습되기도 전에 교회에서 다른 일이 일어났다. 목사님을 도와드린다고 시작한 것이 내 뜻대로 되지 않았고, 나는 고통과 금전적인 피해를 입었고 끝내는 가정불화로 이어졌다. 아이들에게까지 피해를 주고 교회를 떠날 수밖에 없었다.

나의 남편

하나님께 그의 영혼을
부탁드렸다

남편이 스물다섯이고 나는 열일곱에 결혼해 마지막 낳은 딸을 잃고 삼 남매를 더 잘 키우려고 노력했다. 모든 부모의 마음이 다 똑같겠지만 우리가 못한 공부를 가르쳐서 고생하지 않고 편하게 살 수 있게 해주고 싶어 열심히 뒷바라지하며 키웠다. 아이들도 잘 따라주었다. 막내가 다 커서 사고로 우리 곁을 떠난 것만이 한스러울 뿐이다.

수년 후 장사를 그만두고 몸이 좀 편안해지면서 나

는 공부가 하고 싶어졌다. 그때 남편에게 여자가 생겼다. 처음 한두 해는 내가 부족해서 그랬나 하고 잘해보려고 했으나 늘 속고 있었다. 바른 말을 하면 말대답한다고 하며 말도 안 되는 변명을 늘어놓다가 안 되면 폭력으로 일관했다. 경북 안동이 고향인 남편은 남존여비 사상에 물들어 있어 아내는 자기 사람이라 폭력을 행사해도 괜찮다고 우기며 너무나 당당했다.

큰아들이 아직 젖을 먹고 있었던 첫돌 때쯤이었다. 처음으로 남편에게 맞고는 이런 꼴을 당하고 살 수 없다 생각하고 아침 빈속에 말라리아 약을 삼십 알 먹었다. 숨이 넘어가는 것 같아 어머니를 불러달라고 했다. 그리고 정신을 잃었다. 해질 무렵 깨어보니 아이는 배 위를 이쪽 저쪽 넘어 다니고 어머니가 우시며 에미 앞에서 이게 무슨 짓이냐고 나무라셨다. 관장을 했는지 토해냈는지 나는 그때 상황을 아직도 모른다.

어느 날은 혼자 앉아서 기도를 드렸다. 내가 살아온 세월이 너무 힘들어 억울했던 일들을 낱낱이 고백했다.

그러고서 "이제 저 혼자 살고 싶어요."라고 말씀드렸다. 그리고 받은 응답이다. "그것까지도 용서하라." 그 말씀을 따라 애를 쓰고 노력해 용서까지는 할 수 있었다. 그렇지만 사랑을 할 수는 없었다.

시간이 흐르고 자식 생각도 하면서 남편을 포기하게 되었다. 긴 세월을 부부로 한집에 살았어도 남남으로 산 세월이 더 길다. 이혼 소송도 했다. 남편은 소장을 받고 칼을 들고 나와서는 취하하라고 협박했다. 그래도 통하지 않자 소파 의자에 꽂아 놓고 할 수 없이 재산을 분할하는 약속 어음을 만들어 공증해주었다. 어음 만기일이 끝나기 전에 망설이며 집행을 하지 못했다. 남편의 여자는 내가 알고 나서 18년이 지나 심장병으로 떠났다.

남편은 어디 가서도 자기가 하고 싶은 대로(기죽지 않고) 큰소리치며 살았다. 건강한 체질인데다가 매일 규칙적으로 운동을 하고 먹는 것도 조심해서 건강한 편이었다. 너무 운동을 열심히 했는지 무릎 연골에 문제가 생겨 수술을 했는데, 한쪽만 해서인지 다리를 절었다. 그 후부터 운동도 하지 않고 집에만 있었다. 하루 두 시간씩 열심히 운동을 하던 사람이 꼼짝하지 않고 하루 종일 TV 앞에만 앉아 있었다. 2013년 8월 8일 아침 9시 반이었다. 딸 내외가 아버지를 모시고 가평, 춘천으로 바람 쐬러 간다고 10시 반까지 집에 오기로 되어 있었다. 남편이 왼쪽이 마비되어 화장실에서 쓰러져 문에 몸을 걸친 채 꼼짝도 하지 못했다. 구급차로 경희의료원 응급실에 가서 검사를 받았다. 뇌경색이었다. 8일간 입원해 치료 받고, 재활병원에서 두 달 입원 치료하고 집에 돌아왔다. 이제 외출은 할 수 없게 되었다. 2014년 8월 4일 장애 4급 판정을 받고 한 달에 80시간 요양보호사를 배정받았다. 9시에서 1시까지 도움을 받았다. 2016년 1월 6일 아침 식사 후 보호사와 함께 걸어서 아파트를 몇 바퀴 도는 운동을 하러 나갔던 남편이 마당에서 쓰러졌다. 머리에서 피가 나왔다. 구급차로 경희의료원 응급실에 가서 봉합 수술을 했다. 초음파 검사를 했지만 아무 이상이 없다고 해서 퇴원했다. 그렇지만 점점 남편의 행동이 부자연스러워졌다. 5개월 넘게 언어장애, 오른쪽 마비 그리고 심장, 신장, 폐렴으로 치매로 고통을 받았다. 아들 집에 가서 했던 일도 할 수 없게 되었다. 밤에 깨면 일어나 찬송 217장 '주님의 뜻을 이루소서', '저 장미꽃 위에 이슬' 같은 찬송을 많이 부르고 잤다. 남편은 밤마다 큰 소리로 나를 불러 깨우기 시작했다. 머리에 실밥을 빼고 와서 하루는 새벽 다섯 시에 깨서 화장실에 갔다가 쓰러졌다. 양쪽 화장실에 손잡이를 세 개씩 달았다. 또 하루는 밤에 일어나 112에 신고하라고 소리치면서 방에서 마루로 나오다가 중심을 잃고 쓰러졌다. 나도 같이 넘어졌는데, 다행히 다치지는 않았다.

2016년 1월 23일에는 교구 목사님과 전도사님이 오셨다. 아들네 집과 우리 집을 심방하시고 전도사님이 남편에게 세례를 안 받으셨는데, 이번에 병상세례를 받으시라고 권했다. 남편이 받겠다고 했다. 여러 번 권고했지만 천국은 믿음으로 간다면서 안 받겠다고 듣지 않던 사람이었다. 다음 날 주일 저녁예배가 끝나고 담임 목사님

과 교구 목사님, 장로님, 세 분이 밤에 오셔서 세례를 베
푸셨다. 하나님은 자기에게 오는 모든 사람을 버리지 않
으신다 하시더니 때가 되니 그의 영혼을 찾으시는구나
하고 감사를 드렸다. 여든아홉 해를 살았던 것이다.

집 안에서도 걷지 못하게 되었다. 밤 열한 시가 되어
TV를 끄고 자러 방에 들어가면 아침 다섯 시까지 서너
번씩 소변 때문에 나를 불렀다. 가보면 이미 일은 끝나
있었다. 혼자 옷을 갈아입히고 치우고 나면 40분 이상이
걸렸다. 자려고 누우면 또 부르고 빨리 가지 않으면 휴대
폰으로 전화를 했다. 도저히 견딜 수가 없어 요양원 이야
기를 꺼냈지만 싫다고 했다. 내가 쓰러지겠다고 딸이 와
서 잤다. 더 심해져서 한 시간에 한두 번씩 불렀다. 남편
의 허락을 받고 양 목사님께 부탁해 요양원을 찾아보았
다. 직접 가보기도 하고 예약까지 했지만, 남편은 가려고
하지 않았다. 매일 밤 자다가 일어나 젖은 몸을 닦고 옷
을 갈아입히는 일은 체구가 작고 허리가 아픈 내게는 감
당하기 힘든 일이었다. 하루는 방바닥에 혼자 내려와 이

불을 끌어내려 자고 있었다. 두어 시간 더 자고 일어나더니 나를 보고 말했다. 이제 요양원에 갈 테니, 갖고 있던 돈을 잘 챙기라고. 많은 생각을 했던 것 같다. 미안했다. 요양원에 가기로 정한 날 바로 전날에 나를 불러 말했다.

오늘 밤을 못 넘긴다는 의사의 말이 네 번을 지나고 다섯 번째에 내가 요양병원에서 홀로 마지막 가는 길을 지키며 보냈다. 하나님께 그의 영혼을 부탁드렸다. 남편은 아멘으로 화답하며 세례를 받고, 가족들의 평안을 위해 기도했다면서 아멘을 여러 차례 반복하는 것을 두 번이나 보았다.

주신 대로
감사할 뿐이다

어릴 때 내 고향 가평에는 작은 감리교회가 있었다.
몇 년 동안이었는지 기억이 나지 않지만 그 교회를 다녔
다. 주기도문과 어린이 찬송가 몇 곡을 외웠다. 사도신경
은 몰랐다. 그렇다고 신앙생활을 한 것은 아니었다. 그럴
여건도 되지 않았다. 열심히 미신을 섬기고 있었으니까.
죽고 나서 알았지만 막내는 나 몰래 교회를 다녔었다. 다
녔던 중학교가 기독교 학교였기 때문이었을 것이다. 나
는 아이가 천국에 가 있다고 믿는다. 언젠가 아이를 만날

것을 믿는다.

아이를 잃고 눈물로 살아가고 있을 때 아들의 꿈을 두 번 꾸었다. 꿈이었다. 한 번은 가족이 어디를 가는데 막내가 없어서 한참 찾다가 방을 열어보니 어린 소년의 모습으로 팔을 베고 누워 있는데 입에는 반딧불 같은 작은 불이 물려 있었다. 입이 데겠네 하며 깨워서 한참을 가다가 목적지에 닿으니 큰 괘종시계가 보였다. 시간을 보며 여기까지 오는데 한 시간 십 분 걸렸구나. 그렇게 말했다. 또 한 번은 아이가 사각으로 된 쟁반에 고구마 모양으로 만든 생과자를 담아서 엄마 드리려고 만들었다고 하며 주었다. 밤에 자다 깨면 아이들이 잘 있나 확인하는 습관이 생겼다. 두 형제가 쓰던 방에는 막내 물건이 그대로 있었다. 큰아들이 동생의 물건을 치우지 말라고 했다. 어느 날 새벽 다른 때처럼 아들들 방에 들어갔던 나는 깜짝 놀랐다. 붉은색이 아직도 선명한 새 성경책이 책꽂이 위에 놓여 있는 것이 눈에 띄었다. 큰아이에게 물어보니 동생이 종암동에 있는 어느 교회를 다닌 것 같다고 했다. 아들은 교회를 다니는데 이 에미는 무당 집을 다녔구나. 내 잘못으로 아들이 죽었구나. 그런 생각이 머리를 스쳤다. 나 때문이었다는 죄책감이 들고 예수를 믿어야겠다는 생각이 들었다. 집에 만들어 놓았던 '용 단지'를 내려 쌀을 쏟고 실과 창호지를 가지고 집 옥상에 올라가 불태워버렸다. 용 단지는 쌀을 담아 창호지로 싸고 실로 입구를 동여매어 놓은 작은 항아리로 시어머니 말씀을 따라 만들어 옷장 위에 두고 있었던 것이었다. 하나님 제가 몰라서 이렇게 했습니다. 이제 예수님을 믿으려 하니 부디 저를 받아주세요. 혼자 서투른 기도를 올렸다. 혼자 어떻게 해야 할지 몰라 광림교회 장로 사역을 하시는 육촌 오빠께 전화를 드렸다. 오빠는 "성경책은 있으니 찬송가만 사왔다" 하시며 집에 와서 기도해주셨다.

1974년 11월 첫 주일 광림교회에 가서 그저 울기만 했다. 계속 다니고 싶었지만 너무 멀었다. 혼자 가게 일을 하고 있을 때라 오가는 시간까지 내게는 너무 힘들었다. 두 번째 주일 동네 가까이 있는 성결교회에 내 발로 가서 등록했다. 열심히 신앙생활을 했다. 찬송 부르다 울고, 기도하다 울고, 끝이 없었다. 열심히 새벽 기도에 나갔다. 꿈속에 마귀들이 눈앞에서 괴롭혔지만 잘 이겨냈다. 일이 많아 바빴지만 열심히 혼자서 성경을 배웠다. 교회에 나가기 시작한 지 6개월이 지나 학습을 받았고, 1년이 지나 세례를 받았다. 2년이 지나서는 집사 임명을 받았고, 집사가 되고 7년이 지나 아직 미흡하다는 생각을 했지만 권사로 취임했다. 1985년 1월 4일이었다. 그리고 장로회 총회에서 운영하는 성경통신학교 초등 신구약 과정의 교재를 우편으로 받아 방송을 들으며 수료했다. 국제예수제자회 안내로 성경도 완독했다. 일하는 주부가 그것도 사십이 넘은 나이에 쉽지 않았지만 사모하는 나의 마음이 간절했다.

1991년 여름 나는 올케 그리고 남편과 함께 한 달 일정으로 미국 LA에 사는 조카 집에 갔다 왔다. 의사인 조카는 의료선교 봉사를 많이 하고 있었다. 떠나기 전 6월 4일 저녁 목사님을 찾아뵙고 말했다. "내일 미국 조카네 집으로 한 달간 떠납니다. 다녀와서 다른 교인들의 마음에 한 권사가 아직 안 왔구나 하고 생각하고 있을 때 다른 교회로 가겠습니다." 목사님은 말도 안 되는 소리라고 하면서 발을 쾅쾅 구르셨다. 미국으로 떠나던 날은 성결교회에서 주일예배 안내를 하고 오후에 떠났다. 교회를 옮길 작정을 하고 나서는 여러 달 동안 새벽에 일어나 영락교회에 가서 1부 예배와 본 교회 11시 예배를 드렸다. 어느 날 김동호 목사님이 이문동 동안교회로 부임하신다고 하셨다. 집에서 가까운 곳이었다. 내게는 좋은 기회였다. 참으로 감사했다. 새벽기도도 직접 인도하셨다. 설교에 매료되어 한 번도 빠질 수 없었다. 1991년 7월 둘째 주일 예배를 동안교회에서 드렸다. 동안교회에 다시 정착하는데 2년이 걸렸다. 많은 심적 고통을 겪었다.

교회를 옮기는 것은 쉽지 않았다. 나는 평신도로 시작하려고 했다. 등록하고 얼마 지나지 않아 우리 집으로 새 신자 심방을 오셨다. 그 자리에서 남편이 내가 권사라고 말했다. 남편은 교회를 다니지 않아 잘 알지 못했다. 올곧고 분명하신 박은호 목사님은 예배를 중단하고 가시려고 했다. 그리고 이명증 없는 권사를 교회에 받을 수 없다고 하셨다. 당황스러웠다. 눈물이 왈칵 쏟아졌다. 어떻게 해야 할지 알 수 없었다. "이왕 오셨으니 기도는 해주시고 가셔야지요." 내가 말씀을 드리니 그렇게 하셨다. 7년 5개월 권사로 시무하며 18년간 적을 두었던 교회를 떠나게 된 것은 나로서는 참으로 어려운 결정이었고 불가피한 사정이 있었다. 나름대로 열심히, 최선을 다해 충성하겠다고 결심하고 봉사하며 하나님만 의지하고 산다고 했으나 하나님이 원하시는 길이 아닌 곁길로 간 것 같다. 좋은 주인의 뜻대로만 살아야 되는 것도 깨달았다. 다녔던 교회 목사님이 투기를 했는데 계획대로 되지 않았고 실패해 큰 빚을 지게 되었다. 자기 집에 들어가지도 못하고 피신하고 계신 것을 보고 내가 가진 것은 물론 남편의 돈 그리고 다른 사람들에게 빌린 돈으로 그 빚을 막아주었다. 곧 해결될 것이라고 생각했지만 목사님이 빌린 돈의 이자도 낼 수 없게 되었고 그 부담이 내게 넘어왔다. 2년이 지나면서 남편과 자식들이 그 상황을 알게 되었고 더 이상 교회에서 신앙생활을 할 수 없었다. 가정 파탄이 난 것이다.

교구 목사님이 바뀐 후 면담이 있었다. 나는 왜 교회를 옮기게 되었는지 최소한 물어보기라도 하셔야 되지 않겠느냐고 말씀드렸다. 죄를 따질 때도 죄지은 사람의 말을 들어보아야 하지 않는가? 교회를 옮기겠다는 결심은 하나님 앞에서 바로 살고자 했기 때문이었다. 말을 제대로 하지 못하고 울음이 북받쳤다. 그때부터 2년 동안 새벽 기도 때마다 예배가 끝나면 뒤편 바닥에 무릎 꿇고 앉아 서러운 마음에 눈물을 흘렸다. 어떻게 하라고 하시느냐고. 내 갈 길을 인도해달라고 기도했다. 동안교회에 정착하는데 2년이 걸렸다. 1년 후 집사 임명을 받았고 2004년 권사 임직을 받고 시무권사 2년을 한 뒤 은퇴했다. 동안교회 성도로 지낸 세월이 27년. 성경 공부도 많이 했고 봉사도 많이 했다. 수료증이 스무 개가 넘는다. 교육 프로그램이 많은 것이 참 좋았다. 나이가 많고 생활

여유가 없어도 나는 부족한 지식에 늘 갈급했다. 소년부 교사 1년, 영아부 9년 정성을 다하면서 우수교사 상도 받았다. 영아부에서는 모범상을 한 번 받았다.

나는 강직하고 책임감이 강한 성격이다. 생활력도 강하고 몸도 건강해서 쉴 줄 모르고 열심히 일하며 살았다. 편안하고 한가한 삶을 살지 못했다. 하나님의 자녀로 선택된 뒤에는 더 바쁘게 살았다. 하지만 내 소유는 아무것도 없었다. 자식 키우고 집안일 하며 열심히 돈을 벌었어도 재산은 모두 남편 이름으로 되어 있었다. 그래야 되는 줄 알았다. 스무 살에 시작해 26년 동안 장사를 했다. 건물을 사서 임대료를 받아 살게 되어 시간 여유가 조금 생기자 계를 맡아 했다. 한동안 잘되었는데, 외환위기가 닥치자 사고가 나기 시작했다. 앞 번호로 먼저 돈을 탄 사람들이 내야 할 돈을 내지 못하는 일이 생겼다. 들어오지 않는 돈은 책임 맡은 내가 채워야 했다. 돈 받을 곳을 가보면 나보다 더 어려운 처지라 재촉도 하지 못하고 양식도 사주고 등록금도 보태주며 오히려 돈을 쓰고 왔다. 남편에게 생활비를 받아 쓰는 처지에 빚을 지게 되었다. 내가 일을 하지 않았더라면 재산을 모으기도 어려웠건만, 남편은 내게 살림을 맡기면 망한다는 말까지 했다. 가진 것만 남에게 빌려 주시고 남의 돈을 대신 얻어다 주는 일은 제발 하지 마시라는 아들 말도 들었다. 결심을 하지만 막상 사정 딱한 사람을 보면 번번이 도와주고 싶은 마음이 생겨 냉정을 찾지 못했다.

성결교회에서 있었던 일도 다른 사람의 처지가 딱하면 끌려들어 가는 내 심성 때문이었다. 잘못된 투자로 교회가 어렵게 되자 그것을 돕느라 내가 큰 빚을 떠안게 되었다. 나는 하나님께 기도할 수밖에 없었다. 집사가 최소한 남의 돈을 떼먹는 도둑이 될 수는 없지 않겠습니까? 눈물로 기도했다. 먼 곳에 있는 푸른 잔디밭을 환상으로 보았다. 그래도 도둑이 되지는 않겠구나. 그렇게 이해하고 안심했다. "주 안에 있는 나에게 딴 근심 있으랴 십자가 밑에 나아가 내 짐을 풀었네." 찬송가 370장을 많이도 불렀다. 키우던 손녀가 외워서 부를 정도였다. 그

빚과 이자를 다 갚기까지 10년이 걸렸다. '일만 악의 뿌리가 되는 돈을 내가 사랑했나보다'라는 생각이 들기도 했다. 깊이 회개했다. 그때부터 새벽 기도가 내 몸에 배어 습관이 되었다. 이제는 남에게 빌려 줄 일도 빌려다 쓸 일도 없다. 주신 대로 감사할 뿐이다.

은혜로 살고 있다

연약하고 부족하고 배운 것도 없이 우매하고 남처럼 가진 것도 없는 나를 하나님은 사랑하신다. 진실로 하나님은 살아계신다. 은혜로 살고 있다. 내 기도에 응답해주시고 내가 쓰러질 것 같으면 붙들어 일으켜주시고 무지해지면 지혜를 주시어 깨닫게 하신다. 내가 살아 있음은 전적으로 하나님의 주권으로 내리시는 은혜임을 알기에 내 뜻대로 되는 것은 하나도 없다고 고백한다. 40년 신앙생활의 결론이다. "살아계신 하나님 감사합니다. 전능하신 내 아버지 하나님 감사합니다." 내 기도의 시작이다. 하나님을 높여드릴 성경에 기록된 많은 말씀들을 기억하며 그대로 말씀드린다. 기도를 하면 말씀으로 이상으로 생각나게 하시고 환상으로 여러 가지 모양으로 응답을 주신다. 때로는 자다가 깨어나 잠이 오지 않을 때면 일어나 무릎을 꿇는다. 대개 새벽 세 시경이다. 그때는 기도할 제목도 성령님이 생각나게 하시고 응답을 받는다. 기도가 제대로 이루어질 때는 특유의 자세가 있다. 양손 깍지를 끼고 무릎 위에 놓을 때도 있고 가슴에 댈 때도 있고 손을 머리 위로 올려 두 손을 들고 감사할 때도 있다. 눈물로 외칠 때도 있다. 한 시간, 한 시간 반을 무릎을 꿇고 있어도 발이 저리지 않다. 그렇지만 기도가 안 되고 중언부언할 때는 이삼십 분만 되어도 발이 저려 꿇은 무릎을 푼다. 때로는 선견지명도 주신다. 자다가 내 찬송 소리에 잠이 깰 때도 있다. 한 번은 피곤한 몸으로 밤늦은 시간 집으로 가는데 "밤 깊도록 동산 안에 주와 함께 있으려 하나 괴론 세상에 할 일 많아서 날 가

엄마의 삶이라는 것

라 명하신다. 주가 나와 동행을 하면서 나를 친구 삼으셨네. 우리 서로 받은 그 기쁨을 알 사람이 없도다."(통 442장 3절) 한 번은 "뉘라서 내 행색 그려다가 님 계신 데 드릴고. 님은 누구일까? 내게는 하나님인데. 하나님은 이미 다 보고 듣고 계신데. 알고 계신데…… 공평하신 하나님 아버지 저는 일복만 타고났나봅니다. 너무 힘이 듭니다." 불평처럼 혼자 말하니, "너는 건강 복을 받지 않았느냐?" 하시는 하나님의 응답이 들렸다. 맞습니다. 아버지 잘못했습니다. 그 후로는 그런 불평하지 않는다.

주는 그리스도시요 살아계신 하나님의 아들이십니다. 자비롭고 은혜롭고 노하기를 더디 하시며 인애가 크신 주님, 나의 방패 나의 요새 산성이십니다. 나의 반석이십니다. 나의 모든 것 되십니다. 상한 갈대를 꺾지 않고 꺼져 가는 등불도 끄지 않으시는 주님, 내가 나인 것이 전적으로 하나님의 은혜요, 사나 죽으나 주님의 것입니다. 저를 긍휼히 여겨주소서. 만왕의 왕이요 만주의 주가 되시며 심판주로 다시 오실 주님을 사랑합니다. 고대

합니다.

기도의 사명자라고 생각하고 땅에 것보다 위에 것을 생각하고 바라보며 살아왔다. 하나님을 경외하며 말씀을 사랑하며 말씀을 배우려 노력하며 열심히 기도했다. 오십 대 초중반부터 홀로 골방에서 성경을 읽기 시작했다. 독학으로 성경 사전, 지도, 해설, 쉬운 성경, 한자 성경, 주석 성경을 찾으며 정독했다. 장로교 총회본부의 문제집을 주문해서 신구약을 공부했다. 그렇게 할 수 있게 힘을 주신 것이 감사하다. 하나님은 나와 함께 계시며 머리털까지도 세신다. 내 마음 깊은 곳도 감찰하신다는 것을 느끼며 살고 있다. 새 삶을 주관하고 계심을 믿는다. 그래서 권사 은퇴 때 성도들 앞에서 건강주시는 한 최선을 다해 하나님이 기뻐하시는 일을 하겠다고 다짐했다. 그런데 지금은 아무것도 할 수 없다.

십자가를 지고
가셨던 길

평생 바쁘게 살아온 나는 걸음도 천천히 걷지 못한다. 앞만 보고 부지런히 뛰다시피 다닌다. 일도 한 가지씩 여유 있게 하지 못하고 한 가지 시작해놓고 다른 것을 또 시작한다. 짧은 시간을 이용하려 하니 실수도 잘한다. 그 흔한 국내 여행도 별로 못 갔다. 울릉도나 독도나 남해도 모른다. 그런 내가 영아부에서 아이들을 돌보는데 여행 이야기가 나오기에 나도 성지 한 번 가보면 좋겠다고 했다. 영아부 담당으로 복지관 관장인 민경원 목사님께서 기억하셨다가 같이 가자고 하셨다. 영아부에서 부감으로 봉사한 지 7년 되었을 때였다. 2007년 1월 29일에서 2월 10일 사이 장로회신학대 일반성지 답사단에 참가하기로 하고 목사님과 교육도 함께 받았다. 그런데 목사님이 복지관 일 때문에 가실 수가 없게 되었다. 나만 떠났다. 부산 양정교회 양인자 장로님과 한 짝이 되어 다녔다. 내 나이 일흔둘이라 여행자 보험을 받아주지 않아 두 군데 들고 갔다. 회갑 여행인 세 부부가 있었고, 아버지와 아들 목사님도 있었고, 자매 권사도 있었고 다양했다. 아침에 일어나 만나면 권사님 괜찮으시냐고 젊은 사모님, 여전도사님, 모두들 힘들다는데 하면서 인사를 나누었다. 식사하고 차에 오르면 목사님들이 교대로 기도하고 유적지 같은 데 가면 우리 일반인들도 기도를 했다.

29일 오후 4시에 인천공항을 출발해 이스탄불에 새벽에 도착해서 하루 자고 아침 먹고 공항에서 대기했다. 로마, 아테네, 카이로를 거쳐 드디어 시내산에 올라갔다. 캄캄한 밤중에 산 중턱쯤에서 기다리다 낙타 등에 앉아 산을 오르는데 얼마나 무서웠던지. 다른 일행도 보이지 않고 낙타 주인은 다른 낙타 두 마리를 데리고 가느라 내가 탄 낙타는 혼자 올라갔다. 안장이라고 헌 옷가지 하나 깔아 놓고 손잡이도 변변치 못해 힘도 많이 들었다. 올라갔을 때는 서로 바라볼 수 있을 만큼 날이 밝았다. 낙타의 수고가 얼마나 크게 느껴졌는지 팁을 따로 주었다. 일출을 보고 예배드리고 내려올 때는 걸어왔다. 밑에 사원을 둘러보고 내려와 떨기나무를 보니 우리나라 멍석딸기나무였다. 사해 엔보케, 맛사다로 가는 도중에는 와디를 만났다. 와디란 우리의 국지성 소나기로, 엄청난 큰비가 오면서 낮은 사해를 향해 물줄기가 내려오는데 버스가 헤치고 갈 수 없어 한참 기다리다 통과했다. 갈릴리 호수에서 배를 타고 저녁 성찬식을 했다. 헬몬산과 팔복산, 욥바, 베들레헴, 여리고를 거쳐 예루살렘에서는 예수님이 십자가를 지고 가셨던 길을 우리 모두 십자가를 지고 교회까지 갔다. 일곱 교회 중 서머나 교회만 남아 있었다. 폴리갑(순교자) 기념 교회로 건재하며 순례자를 맞이했다. 요한계시록 2~3장에 기록된 소아시아 일곱 교회 옛터를 보았다. 일곱 교회 중 라오디게아가 마지막으로 책망만 받은 교회다. 부유하고 교만한 그들에게 열심을 내라, 회개하라 하시고, 그러면 나와 함께 보좌에 앉혀주겠다고 말씀하신 곳이다. 갈릴리에서는 에베소, 서머나, 라오디게아, 빌라델비아, 사데, 두아디라, 버가모 교회들이 있었던 옛터를 보았다. 이스탄불로 다시 돌아와 선교사님이 경영하는 식당에서 오랜만에 우리 음식을 먹고 인천으로 돌아왔다. 토요일 4시에 도착해서, 다음 날 11일 주일날 보통 때처럼 7시 1부 예배 후 영아부 봉사를 감당할 수 있었다.

서른한 명 모두 머리털 하나도 상한 사람 없이 귀국해 헤어졌다. 일 년이 지난 후 연락이 와서 함께 모였다. 여행 중에도 큰 사랑을 받은 양인자 장로님이 작은 파일 다섯 개와 CD도 만들어 가지고 와 선물했다. 사진 밑에 내용까지 다 적었다. 너무너무 감사했다. 나는 늙은 사람

이 혼자 가서 사진 한 장도 찍지 못하고 왔는데 지금에
야 사진을 보며 감사하고 있다. 아직 CD는 보지 못했다.
나는 하나님께 여쭈어보았다. 그런 마음 주셔서 응답으
로 알고 감사했다. "진작 좀 보내주셨으면 구역예배 인도
할 때나 여전도회 때 보고 배운 것을 다른 사람들과 나
눌 수 있었을 텐데요." 하나님께 말씀드렸다. "네가 불쌍
해서 늦게라도 보여준 것이다." 그 말씀에 나는 또 감사
드렸다. 여행이 끝났다.

내
인
생
의

전
환
기

마른하늘에 날벼락

소기천 목사님이 인솔하는 장로회신학대학교 주관 26차 성지답사를 마치고 돌아와 맡고 있었던 영아부 사역을 감당하고 있을 때였다. 갑자기 마른하늘에 날벼락이 떨어졌다. 대학원 교학처장으로 바쁘게 일하고 있던 아들이 목 디스크 수술을 예약했다는 것이다. 7월 초 입원하고 수술 날짜는 11일이었다. 학교 직원노조의 파업으로 어수선한 때 보직을 수행하느라 여러 군데 다니며 검사를 받을 여유도 없었다. 가까운 경희의료원에 전화로 예약하고 검사를 받은 후 친구가 의사로 있는 한양대학교 병원에 수술 예약을 했다.

내게는 세상에 하나뿐인 아들이다. 공부도 잘했고 별로 속 썩인 일도 없이 성장해서 인정과 존경을 받는 사회인이 된 아들은 내게 늘 든든한 기둥이었다. 하나님만이 아시고 하나님만이 하시는 일, 인간은 한 치 앞도 볼 수 없고 알 수도 없다. 나는 하나님 앞에 엎드렸다. 수요일 저녁 예배가 끝나고 기도 중에 환상을 보여주셨다. 길가에 민들레 같은 큰 풀 한 포기가 있는데, 온통 진딧물이 덮여 있었다. 속고갱이까지 빈틈없이 붙어 있었다. 나는 엎드려 손으로 만지면서 생각했다. '너 어떻게 하니? 이렇게 되면 살 수 없을 텐데.' 그 순간 문득 아들을 위한 기도를 하는 중이라는 생각이 들었다. 나는 하나님께 여쭈어보았다. "아들을 위한 내 기도의 응답입니까?" 한참을 기다렸으나 응답하시지 않고 잠잠히 계셨다. 시간이 너무 늦어 그냥 집으로 돌아왔다. 다음 날 새벽 예배가 끝나고 남아서 기도하고 있을 때 말씀이 들렸다. "사람으로는 할 수 없으나 하나님으로서는 다 하실 수 있느니라."(마태복음 19장 26절) 부자가 하나님의 나라에 들어가기가 어렵다고 하시며 하신 말씀이었다. 나는 그 말씀을 들었다. 내 아들은 하나님이 원하시면 살리실 수 있다는 확신이 들었다. 그 소망을 잃지 않고 10년이 넘는 세월을 울며 기도하고 있다. 항상 변함없이 그날을 기다린다. "하나님은 사람이 아니시니 거짓말을 하지 않으시고 인생이 아니시니 후회가 없으시다. 어찌 그 말씀하신 바를 행하지 않으시며 하신 말씀을 실행하지 않으시랴."(민수기 23장 19절)

수술을 집도한 의사는 온누리 교회 장로였다. 네 시간 수술이 끝나고 입원실에 왔다. 오른손을 들어보라고 하는데 아들의 팔이 꼼짝도 안 했다. "좀 두고 봅시다." 의사가 천정을 보며 말했다. 수술 때문에 이틀을 아무것도 먹지 못했다. 감자를 쪄서 따뜻하게 가져가니 맛있게 한 개를 먹었다. 한 개를 더 먹으려 하는데 간호사가 오더니 "금식입니다"라고 말했다. 손을 멈추고 난감해하던 그 모습이 지금도 눈에 선하다. 그리고 이틀 후에 다시 수술했다. 그때도 네 시간이 걸렸다. 의사는 수술이 잘되었다며 퇴원해서 동네 정형외과에서 물리치료를 받으라고 했다. 그러고서 열흘이 지나 28일 퇴원했다. 이후 석 달 넘게 이곳저곳 물리치료를 다녔다. 차도가 없었다. 10월 31일 아산병원으로 옮겨 다시 검사를 받았다. 11월 2일 진단이 나왔다. '루게릭'이라는 본 적도 들은 적도 없는 병이었다. 증상이 어떤지, 치료가 되는지, 도무지 알 수 없는 병이었다. 지금까지도 원인 규명이 안 된 상태다.

　퇴원해 수소문해서 찾은 물리치료실에서 치료를 받았다. 몸을 움직이는 것이 점점 힘들어졌다. 계단 올라가기도 어려워져 치료실을 가려면 활동보조인의 도움을 받아야 했다. 물리치료실에도 가기 어려워지자 대체의학 수련의를 소개 받았다. 수련의가 집으로 와 1년 넘게 치료했지만 좋아지지 않았다. 수련의는 식이요법도 처방했는데, 그 처방을 따르느라 먹지 못한 음식도 많았다. 어떤 때는 구해 먹으라는 음식 때문에 고생을 하기도 했다. 고래 고기를 구해다 먹고는 가려움증으로 한 이십여 일을 고생하다가 피부과 약을 먹고 바르며 나았다. 그래도 수련의를 기다리는 것밖에 달리 방법이 없었다. 어느 날 기도 중에 말씀이 들렸다. "수련의가 갑자기 오지 않으면 어떻게 하겠느냐?" 아들에게 그 말을 전했다. 상태가 점점 나빠져서 목에 고이는 가래를 제힘으로 뱉을 수 없게 되었다. 기도를 막고 있는 가래를 빼내려면 가슴, 옆구리, 등을 두드려야 했다. 매를 많이 맞았다.

엄마의 삶이라는 것

이제는 네 몫이다

1월 25일. 가정 예배를 넷이 시작했으나 얼마 못 가서 아들과 둘이서만 계속했다. 처음에는 침대에 앉아서 했지만 나중에는 누워서 할 수밖에 없었다. 아들은 누워서 보며 듣기만 하고 나 혼자 계속해서 2013년 12월 13일까지 신약을 4독, 구약을 3독하고 중단했다. 2월 음력 명절에는 우리 내외와 아들 내외 그리고 손자, 다섯 식구가 모여 예배를 드렸다. "이제부터 우리는 예수님을 주인으로 섬기며 살겠습니다." 함께 큰 소리로 고백하게 했다. 신유은사를 받으신 목사님들을 찾아가기도 하고 모셔와 기도를 받기도 했다.

5월 29일. 꿈에 아들이 벌떡 일어나 앉았다. "승리는 내 것일세. 승리는 내 것일세. 구세주의 보혈로써 승리는 내 것일세." 이렇게 찬송하며 다녔다.

8월 25일. 아들과 동안교회 본당 강대상 아래 꿇어 앉아 기도하고 요한복음 14장 1절 말씀 "너희는 마음에 근심하지 말라. 하나님을 믿으니 또 나를 믿으라."를 듣고 왔다. "1년이 넘어도 아무 차도가 없는데, 그동안 병원을 다녔으면 어땠을까요?" 아들이 물었다. 그러나 지난 시간을 되돌릴 수 없다. 밤이 되었지만 숨이 차서 잠을 못 이뤘다. 그리고 숨 가쁘게 '나실인'이 무엇이냐고 내게 물으며 숫자 867이 머릿속을 맴돈다고 말했다. '나실인'은 하나님께 바쳐진 자라는 뜻으로 출생 때부터 부모가 거룩하게 키워야 하는 사람을 말한다. 사사기 13장을 찾아 읽어주었다. 기간을 정해 하나님께 서원한 동안 머리에 삭도를 대지 말고 포도주는 절대 먹지 말아야 한다고 말해주었다. 867이라는 숫자를 생각하니 성경 장절 밖에 없을 것 같아 찾아보니 성경에서 가장 슬픈 시라고 하는 시편 88편에서 89편 앞부분까지였다. 마음이 급해 88편을 다 읽어주지 못했다. 숨이 턱까지 차 힘들어했다. 수련의에게 급하다는 전화를 하고 기다리고 있었다. 그 때 딸이 동생을 보러 와서는 이 급한 때 누구를 기다리고 있느냐고 하더니 구급차를 불러 아산병원으로 갔다. 서원기도를 하게 했다. 살려주시면 '나실인'의 삶으로 죽도록 충성하겠다고.

응급실에 도착해서 아들은 내게 유언 같은 몇 마디를 했다. "하나님 응답을 들은 것을 생각하며 생명에 관한 것이니 더 이상 지체할 수 없다. 이제는 목 절개를 하고 호흡기를 달아야 한다." 내가 말했다. 9월 3일 수술을 끝내고 병실로 옮겼다. 너무 힘이 들어 목사님께 전화를 드렸다. 늦은 시간인데도 오셔서 기도해주고 가셨다. 새로 나왔다는 기침유발 기계 사용법을 배우고 기계를 빌려 퇴원했다. 45일 동안 입원해 있었다. 퇴원하는 날은 권사님 세 분에게 부탁해 아들 집에서 예배를 드리고 다음 날부터 가정 예배를 시작했다. 아들이 앉아서 함께 예배 드릴 수 있는 동안 가정 예배를 계속했다. 점점 앉아서 식사하기 어려워지고 말을 할 수 없게 되어 가정 예배를 중단했다.

목을 수술했지만 활동보조인 덕분에 소곤거리는 정도 작은 목소리로 말을 할 수 있게 되었다. 작은 공기주머니에 들어 있는 공기를 뺐다 넣는 방법이었다. 마이크를 목에 걸고 그 작은 목소리를 키워 2년 동안 강의를 계속했다. 학생들이 집으로 와서 안아 휠체어에 태워 강의실에 갔다가 강의가 끝나면 다시 데려다주었다. 대학원생이 집으로 와서 논문 지도를 받았다. 목소리도 나오지 않는데다가 늦게까지 공부시킨다고 손자가 불평을 많이 했지만 저녁에는 손자에게 영어 공부를 시켰다. 시작했던 교재 집필도 받아쓰기를 하면서 마무리했다. 주일이면 휠체어를 타고 교회 본당에 나가 예배를 드렸다. 기도할 때 응답을 듣거나 환상이나 꿈으로 말씀을 받으면 아들에게 전해주었다. 움직이지 못하니 앉아 있는 자리를 옮겨주려고 하다가 안고 넘어진 적도 여러 번이었다. 헤아릴 수 없을 만큼 참 힘든 나날들이었다.

아들은 주위 사람들이 편안해지도록 속히 하나님 앞에 가도록 기도해달라고 했다. 밤에 잠이 깨어 필요한 것이 있어도 본인은 아무것도 할 수 없다. 곁에서 밤을 지키기 시작했다. 평일 낮에는 활동보조인이 있었지만 밤에는 며느리와 내가 번갈아 환자 옆에 있었다. 조금 지나서는 며느리 직장 때문에 주중에는 내가 밤을 지키고 주말에만 며느리가 있었다. 밤뿐 아니라 낮에도 활동보조인이 식사 때 자리를 비우면 내가 지키고 있어야 한다.

11월 10일. 어느 날은 아들이 꿈 이야기를 했다. 낮은 산 중턱에 집이 있는데, 마당에 아주 예쁜 보라색 꽃밭이 있었다고 한다. 아들의 얼굴에서 아쉬움 같은 것이 느껴졌다. 하나님 말씀, 출애굽기 14장 13절, "너희는 두려워하지 말고 가만히 서서 여호와께서 오늘 너희를 위하여 행하시는 구원을 보라." 아들에게 말했다. 이제는 네 몫이다. 기도하라 하신다. 아들은 본인 손으로는 아무것도 할 수 없게 되었다. 식사도 스스로 할 수 없다.

11월 17일. 박순애 전도사님 부흥회가 있었다. 민경원 목사님의 소개로 장애인 복지시설 '하늘꿈터'의 원장이신 양우석 목사님을 만나게 되었다. 양 목사님은 개인 기도도 해주시고 부흥회 내내 장애인 차량으로 아들을 교회에 갈 수 있게 해주었다. 은혜를 받았다. 부흥회가 아들을 위한 집회라고 생각하고 감사했다. 부흥회가 끝나고 나서도 목사님은 형제같이 기도해주었고, 매주 집으로 와서 목욕을 도와주었다. 병원에 입원해 내가 혼자 밤을 새우고 있으면 눈을 붙이라고 두세 시간 내 자리를 대신해주기도 했다. 8년간 도와주었고 아직도 가끔 형님을 보러 온다고 하며 와서 기도해주고 있다. 내 건강까지 걱정해주어 고맙다.

기도 중에 많은 응답을 받았다. 헬리콥터를 타고 시골 우리 집 마당에 내려오시는 하나님을 보며 고넬료가 베드로를 맞아드리는 것 같다는 생각이 들었다. 어느 날

엄마의 삶이라는 것

은 "아들이 일어났어요. 하나님이 하셨어요." 혼자 말하며 걸어 다녔다.

작년엔 왼쪽 눈에 백내장 수술을 하고 올해에는 오른쪽 눈에 수술을 했다. 도중에 조금 아픈 느낌이 있었다. 주변에 기도를 부탁했다. 그 주부터 아들을 위해 기도하는데 밤을 새우며 울었다. 사탄과의 영적 전쟁이 시작되었다. 치열하게 싸우며 하나님의 응답을 받았다. 기도 제목도 바뀌었다. 주의 흘리신 보혈로 씻기소서. 머리부터 발끝까지 덮으소서. 성령의 불로 병균을 태우소서. 기름 부으심이 김동훈 집사에게 임하소서. 사탄이 환상으로 나타나다가 선포기도로 서서히 사라진다. 날마다 밤마다 깨우시면 열두 시든, 한 시든, 세 시든, 일어나 무릎 꿇고 기도하면서 울기를 한 달이나 했다. 수술 후 울지 말았어야 하는데. 오른쪽 눈이 낫지 않아 초점이 맞지 않는다. 그마저 포기했다.

이 집이 브엘세바와
같게 하소서

5월 13일. 기도 중에 "헵시바"라는 말이 내 입에서 나
왔다. '헵시바 뿔라'라는 단어가 이사야서에 있다는 생각
이 들어 오랫동안 찾았다. 62장 4절 "나의 기쁨이 그에게
있다." 아들에게 하신 말씀이라고 생각했다.

6월 21일. 아들이 교회 2부 예배에 와서 문 앞에서
인사를 하며 안내하는 모습을 보았다.

9월 3일. 목을 수술하고 호흡기를 달았다.

9월 28일. "내 아들이 사는 이 집이 하나님을 만나고

언약을 받는 브엘세바와 같게 하소서."(브엘세바: 아브라함이 그랄의 왕 아비멜렉과 언약하던 곳(맹세의 우물), 창세기 21장: 아브라함의 서자 이스마엘과 그의 어머니 하갈이 집을 나가 방황하던 곳, 창세기 22장 19절: 아브라함이 모리아라는 산에서 이삭을 제물로 드리는 시험을 받고 나서 거하던 곳, 창세기 26장 24절: 이삭이 브엘세바로 올라가 제단을 쌓고 하나님을 만나 복을 받음, 창세기 28장 10절: 야곱이 형을 피해 하란으로 갈 때까지 브엘세바에 거주, 창세기 46장 1절: 야곱이 기근 시기 애굽의 총리 요셉을 만나러 갈 때 브엘세바에서 희생의 제사를 드리고 언약을 받음.) 나는 영감을 통해 명령을 받고 기도했다. 기도 중에 환상을 많이 본다. 꽃을 응답으로 보여주시면 기쁨을 느낀다.

더딜지라도 기다리라

아들이 좀 더 큰 아파트로 이사했다. 아들이 살던 집으로 우리 내외가 이사했다. 내 안에서 영적 전쟁이 치열해져서 감당하기 어려웠다. 담임 목사님께 부탁을 드렸다.

5월 2일. 주일 저녁 부목사님 열 분이 함께 오셔서 예배를 드려주셨다. 대단한 이사 심방을 받았다.

5월 11일. 아들의 친구인 강 장로가 시무하는 교회의 목사님을 모시고 와서 축사하고 부위를 만지며 한 시간 기도를 하신다. 처음에는 일주일에 한 번 혹은 두 번 오

서서 기도해주셨다. 먼 곳에서 오시는 것이 죄송하고 감사했다. 7월 21일에 기도문을 가지고 하루 네 번 시간을 정해 40일 동안 기도하라고 하셨다. 잘 마치고 열흘 동안 아침 금식도 했다. 날마다 기도했다. 머리부터 발끝까지 주의 보혈로 씻기시고 하나님의 빛과 생명이 충만하게 임하시고 어둠과 사망을 해체시켜 주소서.

11월 1일. 기도 중 환상을 보았다. 물이 잔잔히 흐르는데 구멍 두 개에서 물이 솟아오른다.

12월 21일. 홍수가 난 후에 무릎까지 차 있는 물을 건넌다. 맑은 물이 반이 넘게 차 있는 욕조가 보였다.

12월 27일. 아침 기도 시간에 말씀하셨다. 더딜지라도 기다리라.

아들이 일어나기 전까지

아들의 병세는 깊어가고 있다. 너무 힘들다. 절대 쓰러질 수 없다. 아들이 일어나기 전까지는 절대 쓰러지지 않는다. 하나님이 역사하실 날을 기다리며 기도한다. 내 집과 아들 집을 하루에도 수없이 종종 걸음으로 오간다. 잠이 늘 부족하다. 무릎을 꿇는 자세가 아니면 기도가 제대로 되지 않는데, 그렇게 해도 졸음을 견디지 못할 때가 많다. 무릎을 꿇은 채 졸면서 한 시간이 지났을 때도 있었다. 늦은 밤 집으로 돌아가는데 찬송가가 저절로 나왔다. 너무너무 힘들다. 가래를 빼고 엠부를 하고 자리를 바꾸어주고, 잠시도 쉴 틈이 없다. 낮에는 낮대로 할 일이 있고 밤에는 항상 깨어 있어야 한다. 어느 날은 어지러워 앉을 수도 누울 수도 없었다. 열 시 반 구급차로 병원에 실려 갔다. 잠을 못 자서 생긴 병이라고 네 시간 만에 퇴원했다. 그리고 삼일을 잠만 잤다. 건강은 타고났지만 감당하기 힘들다.

5월 21일. 밤에 기도하다가 응답을 받았다. "수억만의 천군천사들이 졸지도 자지도 않고 지키신다. 일어나 빛을 발하라."(이사야서 60장 1절)

6월 7일. 네 번째 활동보조인이 새로 왔다. 익숙하지는 못하지만 형제처럼 열심히 잘 돌봐준다.

8월 27일. 아들이 학교 연구실과 아파트 뒤에 있는 예술종합학교에 가서 산책을 했다. 활동보조인이 간이 이동호흡기를 가방에 넣고 따라갔다. 마비 증세가 입에도 나타났다. 목이 딱딱하게 막혀 침을 삼키기도 어렵고 아프다. 혀가 잘 안 움직여 밥을 먹지 못하게 되었다.

12월 13일. 간호사가 호흡기를 통해 위로 직접 영양을 공급해야 한다고 말하고 갔다. 하루 세끼 죽을 떠먹이는 식사도 할 수 없게 되었다.

미안하고 슬프다

1월 5일. 오후 7시 황 목사님이 심방을 오셨다. 갑자기 아들이 덥다며 문 열라 하면서 얼굴이 창백하다. 이마는 차갑고 숨을 제대로 쉬지 못한다. 한 삼십 분을 그렇게 고생하더니 안정이 되었다. 9시 40분 다시 한 번 같은 증세로 힘들어 했다.

1월 13일. 아침 기도에 불 같은 성령의 임재를 느끼며 생각하지도 않았던 유행가 가사가 입에서 나온다. "쨍 하고 해 뜰 날 돌아온단다."

2월 21일. 침이 목으로 넘어가지 않고 양쪽으로 흘러 나온다. "죽여주세요." 아들이 내게 말했다.

4월 21일. 입원. 이틀 지나 위와 요도에 줄을 삽입하는 수술을 받았다. 입으로 아무것도 먹지 못하게 되었다. 힘들게 심장 검사를 마치고 중환자실로 들어갔다. 가족도 못 들어가지만 문자판을 가지고 의사소통을 해야 하니 보호자가 한 명씩 들어가 있게 해주었다. 아들이 말을 할 수 없게 되자 외손녀가 문자판을 만들어 주었다. 자음과 모음을 몇 개씩 묶어 번호를 만들고, 받아 적은 글자를 모아서 하고 싶은 말을 표시한다.

5월 3일. 아들이 퇴원했다.

5월 24일. 위로 들어가는 관이 막히고 열이 심해 다시 입원했다. 중환자실에 들어갔다.

6월 1일. 퇴원. 이제부터는 가정 간호사가 한 달에 한 번씩 집으로 와서 검사도 하고 관리를 하게 되었다. 내 허리 통증이 감당할 수 없을 정도로 심해졌다. 강남에 있는 한의원에 한 달에 두 번 정도 추나 요법을 받으러 다닌다. 몸을 지탱하게 해준다. 아들은 사람들에게 속히 하나님께 갈 수 있도록 기도해달라고 말한다. 내 힘이 모자라다.

12월 14일. 아들 집에 있는 동안 밖에 비가 왔는데, 그것도 모르고 아침 밥하러 급히 집에 가다가 미끄러져 정신을 잃었다. 내린 비가 찬 공기에 살얼음이 되어 있었다. 땅바닥에 누운 채 정신이 드는데 수위 아저씨 말이 들렸다. "구급차를 부를까요? 집으로 갈까요?" 부축을 받으며 집으로 갔다. 딸이 연락받고 와서 구급차로 병원에 갔다가 검사를 마치고 저녁 때 돌아왔다. 집은 집대로 남편의 하루 세 끼 식사를 챙겨야 하니 늘 시간이 모자란다. 잠도 늘 부족하다. 허리가 끊어질 듯 아프지만 어디다 하소연하겠는가? 예배도 가끔 빠진다. 일기에 한두 마디 적고 싶어도 못할 때가 많다. 누워 있는 아들은 불편해도 잘 참는다. 원래 남의 이야기를 듣는 편이고 배려하는 편이다. 사람들이 책임감이 강하다고 한다. 내가 힘들어서 문자판으로 제대로 받아 적지 못할 때가 있다. 받아 적고 보면 '바보'라는 글자가 되기도 한다. 아들아, 미안하고 슬프다. 힘이 떨어져 운동해주는 것도 전만 못하다. 안마 해주는 정도밖에 안 된다.

작은 것에도
기쁘고 감사하다

안구 마스크와 전동 휠체어를 주문해서 써보았지만 맞지 않아 돌려보냈다.

1월 11일. 밤에 푹 자고 나니 아침이 개운했다. 어제 저녁 선포기도를 강하게 하고 잤다. 아침기도에 두 손을 들고 사탄이 나간 것에 감사했다. 하나님이 그 작은 것에 그렇게 기쁘고 감사하냐고 하시며 웃으셨다.

7월 22일. 아들이 왼쪽 엉덩이를 들었다.

7월 30일. 짧은 낮잠에 꿈속에서 아들이 왼손을 배

위로 올렸다.

8월 6일. 새벽에 꾼 꿈에서 아들이 머리를 오른쪽으로 돌렸다.

9월 2일. 2010년 5월 11일부터 기도해주시던 목사님이 153회 심방하시고 마무리하셨다. 너무 미안해서 계속할 수 없었다. 목사님은 지난 연말에도 내게 전화로 말씀하셨다. 죄인의 심정으로 날마다 기도하고 계시다고.

엄마의 삶이라는 것

나를 사랑하심을
체험하며 살다

일어나면 아들 집으로 가서 식구들이 출근과 등교를 준비하는 동안 나는 환자에게 필요한 일을 한다. 집에 돌아오면 남편 식사를 준비한다. 11시가 좀 넘으면 생활보조인이 나가서 이른 점심을 할 수 있도록 다시 아들 집에 간다. 그가 점심을 마치고 돌아오면 나는 청소, 빨래, 설거지가 기다리는 집으로 돌아온다. 잠깐 눈을 붙이기도 하지만 밖에 볼일이 있으면 할 수 없다. 그런 날이면 밤에 졸음이 쏟아진다. 나의 하루 일과이다.

6월 25일. 전혀 움직일 수 없게 된 아들의 자세를 바꿔주다가 오른쪽 어깨에 이상이 생겼다. 어깨 인대가 네 개라는데, 맨 앞의 인대가 하나 끊어졌다. 성심병원에 다니며 두 달 동안 치료를 받았다. 아프기는 하지만 감당하고 있다. 고혈압이 오래되어 뇌경색이 왔던 남편의 활동이 더 어려워져서 내 할 일이 늘어났다. 너무 힘들다.

9월 11일. 아들이 오른쪽 배가 아프다고 했다. 별일 아니겠지 생각하고 구급차를 불러 가까운 경희의료원에 갔다. 내과에 입원해 여러 검사를 받았지만 원인이 잘 나타나지 않고 염증은 계속되었다. 그러고서 담낭에 이상이 있다고 알려주었다. 들어가는 관을 더 굵은 것으로 바꾸고 16일 지나 퇴원했다.

10월 16일. 다시 입원해 수술을 받고 6일 지나서 퇴원했다. 40일 동안 낮에는 간병인이 있었지만 밤에는 내가 병실을 많이 지켰다. 고맙게도 양 목사님이 몇 번 오셔서 서너 시간씩 눈을 붙이게 해주었다. 집과 병원을 오가며 밤을 새우려니 쓰러져 죽을 것 같았다. 나는 감당할

엄마의 삶이라는 것

수 있다고 계속 말했지만 딸은 이러다 큰일 나겠다고 야간에 일을 할 수 있는 사람을 찾았다. 그 사람을 만나본 후 퇴원하기 직전 병실로 함께 왔다. 처음에는 안심이 되지 않아 아들 방 밖에서 내가 대기했지만 두 주 정도 지나니 충분히 혼자 할 수 있어 보였다. 아들과도 의논했다. 이제 잠을 집에서 자기 시작했다. 그 사람은 경험이 많고 영리한 사람이었다. 하나님이 이렇게 역사하신 것이다. 내가 쓰러지기 직전에 사람을 보내셔서 나를 살리셨다. 마음이 아파 울고 있을 때 위로해주시고 지쳐 쓰러질 때 일으켜주시고 일이 있을 때마다 피할 길을 만들어주셨다. 사랑의 하나님을 찾고 의지하게 하시며 나를 사랑하심을 느끼고 체험하며 산다.

내 자리를
찾게 해주십시오

1월 15일. 둘째 수요일이었다. 목사님이 안내를 하시는데 내 귀가 열렸다. 수요예배 후에 시간을 정해서 마음껏 소리를 내어 기도할 수 있는 통성기도가 있다는 것이다. 가끔 빠지는 날도 있었지만 그날 저녁부터 거의 매주 참석했다.

1월 20일. 아들이 귀에 보청기를 쓰기 시작했다. "부모를 거역하며 원망했던 것은 하나님께 한 것이니 회개하라." 하나님의 말씀을 전했다.

2월 15일. 남편이 요양원으로 옮겨 갔다. 남편이 쓰러지고 나서 밤잠을 제대로 잔 적이 없었다. 밀렸던 잠이 쏟아졌다. 두 주를 잠에 취해 살았다. 그러다가 문득 정신이 번쩍 들었다. 하나님께서 내게 이렇게 잠만 자라고 시간을 주신 것은 아닐 것이다. 달력을 보니 2월 29일, 다음 날은 3월 1일 전체 교인이 새벽기도회를 하는 날이었다. 새벽기도에 내 자리를 찾게 해주십시오. 그렇게 갈망하며 기도했었다. 거의 칠 년을 새벽예배는 생각도 못하고 살았다. 다음 날부터 시작했다. 수요기도는 포기할수밖에 없었다. 지금도 새벽예배는 나의 생명 줄이라고 생각하며 빠지지 않으려고 노력한다. 빠질 수도 없다.

8월 30일. 교회 본당에서 나오는데 갑자기 오른쪽 무릎이 아파서 발을 내디딜 수 없었다. 갈 때도 잘 갔고 다친 것도 아닌데, 알 수가 없었다. 양쪽 의자를 잡고 힘들게 나와서 타지도 않던 엘리베이터를 타고 내려왔다. 큰 길에서 택시를 잡아타고 집으로 왔다. 다리가 아주 좋지는 않았다. 물리치료도 받고 추나 요법도 받으면서 그

럭저럭 견뎌왔다. 도저히 못 가겠으면 택시를 타기도 하고 올 때는 마을버스를 기다렸다 타기도 했다. 그래도 그렇게 꼼짝 못한 것은 처음이었다. 안방에서 주방도 갈 수 없었다. 지팡이를 짚고 끌면서 겨우 집안에서 다녔다. 한 사흘 지나니까 조금씩 덜해졌다. 날씨도 춥고 의사도 안 된다고 해서 새벽예배를 4주 동안 중단했다. 대신에 집에서 다섯 시 정각에 극동방송 새벽예배를 드렸다. 지금도 조금 많이 걸으면 무릎 위나 발목 같은 곳이 갑자기 당기고 아파서 꼼짝하지 못하고 고생을 한다. 사탄은 나를 집요하게 공격한다. 너무 피곤해서 기록하지 못한 것이 많지만, 기도 중에는 주로 환상이 많고 꿈에서 본 것은 얼마 되지 않는다.

네 믿음대로 되리라

3월 1일부터 기도 중 내가 본 것이다.

본당 중간 통로 앞이 예배드릴 때 내가 늘 앉던 자리였다. 그런데 눈도 귀도 어두워져서 이제는 거기서 예배를 드릴 수 없어 더 앞으로 나아갔다. 3일엔 자주색 얼굴에 화상을 입은 것 같은 여자가 내 옆 통로에 누워 있어 선포기도를 했다. 5일엔 성전에서 새벽예배 전에 기도하던 중 내 자리 오른쪽 통로에서 머리를 (앞으로) 두고 누워 있는 사람이 있다. 머리도 얼굴도 지저분한 거지꼴이다. "여기가 어디라고 따라왔느냐. 여기는 성전이다." 말하고는 늘 하듯 "나사렛 예수 그리스도의 이름으로 명하노니 당장 흔적도 없이 멸하여지라." 여러 차례 거듭 선포하고 나니 사라졌다. 7일 밤 집에서 자려고 하는데, 초라하고 흐트러진 모습의 늙은 남자가 두 번 나타났다. 그는 선포기도를 하고 나서 사라졌다. 12일 새벽예배를 보고 있는데, 내 오른쪽 통로에 신수가 훤한 늙은 남자가 나를 바라보고 서 있었다. 몇 번 선포기도를 하고 나니 또 사라졌다. 17일 새벽예배 때였다. 상체는 보이지 않는 남자의 허리 아래 몸통만 보였다. 선포기도 후에야 없어졌다. 19일 새벽예배 중, 내 앞에 의자는 보이지 않고 손으로 들 수 있는 여행용 가방 안에 아주 큰 개가 들어앉아 나를 바라보고 있었다. 기도를 하니 사자 형상으로 바뀌어 번쩍이는 눈으로 나를 바라보았다. 선포기도를 많이 하고서야 없어졌다. 이런 때는 개인 기도를 하지 못한다. 24일 내 옆 왼쪽 의자에 인형 모양의 형상이 앉아 있다. 기도를 하고 나니 없어졌다. 26일 저녁 집에서 자려고 누웠는데, 얼굴에서 피가 방바닥까지 흘러내리는 여자의 모습이 보였다. 나와 얼굴을 마주하고 있었다. 선포 기도를 하고서 끝났다.

새벽예배를 시작하고 한 달 동안 나를 넘어트리려는 사탄의 공격을 받았다. 여덟 번의 여러 형상을 두려움 없이 멸할 수 있었다. 2007년 처음 사자상을 보았는데, 두 눈이 내 앞 가까이서 마주하고 쳐다보았다. 몸은 보이지 않았다. 광채가 나는 눈을 향해 선포기도를 강하게 하면 오른 눈이 감기면서 형상이 서서히 뒤로 물러났다. 한쪽 눈은 멀리 작아지면서 흐려지다가 안 보이게 된다. 그때까지 예수 그리스도의 이름으로 명하노니 멸하게 되리라. 말해야 한다. 그렇게 해야 하니 시간이 오래 걸린다. 뱀도 많이 나타났다. 각양각색으로, 짐승으로, 사람으로 보인다. 다 쓸 수도 없다.

12월 10일. 몸살이 걸려 새벽예배 갈 시간에 일어나지 못했다. 다섯 시 극동방송 새벽예배를 보고 다시 누웠다. 환상을 보았다. 남자아이가 엎어져 일어나지 못하고 있는데, 아이 어머니가 왼쪽 앞에 서서 내려다보며 기다리고 있다. 3분의 2 정도는 혼자 일어나는 것이 보였지만 온전히 일어나지 못했다. 우리 모자를 가리키는 것 같아 기도했다. 제힘이 닿지 않는 나머지는 아버지께서 일으켜주십시오. 내 기도에 응답을 받았다.

12월 22일. 새벽예배가 끝나고 기도 중에 청소기 몸체만 한 딱정벌레가 보였다. 등이 검고 양쪽 다리가 이십여 개는 되는 것 같다. 내 자리 옆 통로에서 앞으로 기어가고 있다. 놀라서 급하게 선포기도를 하니 멈췄다. 다리가 떨어졌는지 몸 안으로 들어갔는지 모르겠다. 몸체만 남아 서서히 작아지면서 없어졌다. 내가 적어 놓은 것을 세어보니 120회가 넘는다. 때때로 "승리는 내 것일세." 찬송을 자주 부른다. 잠자다가 내가 부르는 찬송 소리에 깰 때도 있다. "네 믿음대로 되리라." 기도 중에 하나님의 응답을 일일이 셀 수도 없이 많이 받았다.

가까운 사람들과
이별하다

2월. 아들의 입이 움직이는 모습을 보았다. 입속 혀가 움직이는 것 같다. "어머니라고 부르는 소리를 듣고 싶습니다." 하나님께 기도했다. 남편이 두 번째 쓰러졌다. 수발할 것이 많아 전처럼 아들을 보살필 수 없게 되었다. 세 사람이 시간을 짜서 간병하게 되었다. 며느리는 더 많이 힘들어졌다.

2월 15일. 남편의 병세가 심해져서 감당할 수 없게 되었다. 결국 요양원으로 옮겼다. 조금 한가하게 되어 좋아하는 책 읽기를 시작했다. 그동안은 신문을 볼 시간도 없었다. 그래도 남편이 보고 난 신문 앞뒤 두 장을 모았다가 주일날 틈나면 읽는다. 27일부터 제대로 책을 읽기 시작했다. 맨 처음 박목월 씨가 지은 『육영수 여사』를 읽고, 김삼환 목사님의 『새벽눈물』, 3분 동안 예수님을 만난 미국에 사는 네 살짜리 어린이 이야기, 『그리스도만 남을 때까지』, 『해외 선교사의 죽음』 등 다섯 권을 읽었다.

4월. 남편의 증세가 악화돼 요양병원으로 옮겼다. 거의 매일 한 번씩 들렀다. 이제는 말을 하지 못한다.

6월 18일. 나 혼자 남편을 임종했다. 대전 현충원에 안장했다.

10월. 미국에 사는 조카가 왔다가 가면서 친구를 소개해주어 카이로프락틱 치료를 시작했다. 한 주에 한 번씩 강남으로 가서 허리와 다리를 교정 받는다. 허리가 많이 휘어져 근본적인 치료는 불가능하다고 한다. 그래도 통증이 많이 진정되었다.

큰 기쁨이 넘치다

1월 15일. 아들이 아산병원에 입원했다. 21일 12시에 퇴원했다가 상태가 좋지 않아 오후 5시에 다시 입원했다. 가까운 사람들과 보고 싶은 사람들에게 연락하라고 해서 여러 사람이 다녀갔다. 교구 목사님과 전도사님이 다녀가시고 담임 목사님도 심방해주셨다.

2월 7일. 상태가 좋아져서 23일 만에 퇴원했다. "일어나 빛을 발하라." 이튿날 아침 하나님 말씀을 들었다.

3월 6일. 터널 입구가 환하게 보이는 곳에 우리가 있다. 우리 앞에 한 사람이 입구를 향해 걸어가고 있다. 우리는 아직 더 기다려야 한다는 생각이 들었다.

4월 4일. 아들이 대통령 표창과 학교 명예교수 추천을 받았다.

4월 23일. 혈압 때문에 입원했다가 9일 만에 퇴원했다.

5월 12일. 아들 집 현관 전자키 번호가 바뀌었다. 며느리가 번호를 알려주지 않는다. 적어도 하루에 두세 번 가는데 갈 때마다 열어줄 때까지 문 앞에서 한없이 기다린다. 사는 게 너무 힘들다. 아들의 얼굴과 누워 있는 모습을 보는 것만도 형벌인데. 일곱 달을 그렇게 지내고 나서야 다른 사람에게 알려주면 안 된다는 조건으로 며느리가 번호를 알려주었다.

6월. 남편 기일에 딸네 식구들이 현충원에 가고 나는 집에서 추도예배를 드렸다.

7월 16일. 미국에서 조카가 왔다. 큰누나 집에서 만나 점심을 하자고 했다. 1부 예배를 마치고 큰조카 집으로 갔다. 조카들 삼 남매가 모여 지난 이야기도 하면서 점심 식사를 같이했다. 서로 몸조심하라고 말하며 헤어졌다. 조카는 밤 비행기로 친구와 함께 다이빙하러 필리핀으로 떠났다. 잠수했다가 심장 이상으로 불시에 하나님 곁으로 갔다. 1949년 2대 독자로 태어나 의대를 나와 수련의를 거쳐 미국으로 떠났다. 슬하에 아들 삼 형제를 두었다. 아들 둘이 결혼해 손자와 손녀도 있다.

8월 6일. 아들이 밤 아홉 시에 응급실로 갔다. 맥박과 혈압이 올랐다 내렸다 하며 힘들어했다. 그렇게 밤을 새웠다. 퍽이나 더운 날씨다. 하나님께서 처음 아들에게 말씀하셨다. "나는 길이요 진리요 생명이니 나로 말미암지 않고는 아버지께 올 자가 없느니라." 소화가 안 된다고 관장을 해서 아들 모습이 말이 아니다. 내 마음을 이해할 사람은 아무도 없다. 주일날 아침도 평일처럼 일찍 일어나 눈물로 기도한다. 사탄을 멸하는 기도를 긴 시간 하고 응답받는다. 기도시키시려면 피곤한 때도 새벽 세 시에 깨어나게 하신다. 평일에도 세 시에 잠이 깨면 기도해야 한다.

8월 13일. 주일 아침 기도에 하나님은 내게 가정예배를 드리라고 하신다. 내 기도가 부족한가 보다. 누가 있어 예배드립니까? 저 혼자뿐입니다. 그날 저녁부터 "모든 영광을 하나님께"로 시작해서 사도신경, 교독문 모든 순서를 다 마치고 홀로 예배를 드렸다. 두 시간 걸릴 때도 있다. 저녁에 하려니 너무 졸려서 아침 시간으로 바꿨다. 교회에서 새벽예배 드리고, 집에서는 아침 식사 전 일곱 시에 드린다. 하루도 빠짐없이. 홀로 있으면서 사탄의 공격을 받지만 주님께 예배 드리는 시간도 많아 혼자 있는 것같이 느껴지지 않는다. 주님이 나와 동거하시며 어디를 가든 동행하심을 믿고 느끼며 산다. 아들을 일으켜 세우시고, '나실인'의 삶으로 죽도록 충성하며 하나님을 영화롭게 기쁘시게 하며 영광 돌리는 그날을 기다리며 산다. "때가 차면 내가 역사하리라." 하나님은 분명 내 오른쪽 옆에서 말씀하셨다.

8월 31일. 가정예배 중이었다. 아들이 머리를 깎고 알몸으로 내게 등을 보이고 누워 있는 것이 보였다. 나는

엄마의 삶이라는 것

기도했다. "머리부터 발끝까지 주의 보혈로 씻기시고 거룩한 옷을 입히시고 주님께서 쓰시옵소서."

9월 4일, 11일, 15일, 16일. 큰 무궁화 꽃 한 송이, 백일홍 꽃밭, 작은 나무에 작은 꽃이 만개한 것을 보여주셨다. 큰 흰 종이 위에 아들의 입이 있고 입속에서 혀가 움직이는 것이 보였다. 울며 감사기도를 하고 내 마음 깊은 곳에 큰 기쁨이 넘치는 것을 느꼈다. 아들에게 말했다. "머리나 마음속으로만이 아니라, 소리가 나오지 않더라도 입으로 기도해라."

2017년

시부모님 묘소

　안동 시부모님의 묘소를 어떻게 해야 할까? 묘를 폐
해야 할 것 같은 생각이 자꾸 든다. 남편이 세상을 떠나
고 나서 묘 관리는 내가 해왔는데, 죽음을 준비하면서 가
장 신경이 쓰이는 일이다. 마땅히 관리를 해야 할 장조
카는 관심도 없고 아들은 누워 있다. 딸에게 산소를 관리
하라고 부탁할 수는 없는 일이다. 시어머니는 우상의 형
상을 집에 만들어 놓고 아침마다 주문을 외시며 특별한
때가 되면 창호지에 이름을 적어 집 앞 흘러가는 낙동강

백사장에서 소제를 올리셨던 분이었다. 산신령을 섬겨 밤중에 산에 있는 서낭에 가서 밥을 지어 놓고 정성을 드리기도 하셨다. 1967년에 돌아가셨으니 꼭 50년 전이다. 음력 2월 25일에는 조카 집에서 제사를 지내왔지만 이제는 지내지 않는다. 시아버님도 같은 날짜에 돌아가셨다. 산소에 시어머니가 섬기시던 우상의 흔적이 남아 있을 것 같고, 그것을 치워야 한다는 생각이 자꾸 든다.

9월 20일 새벽기도 중에 하나님이 내 앞에서 내려다보시며 미소를 짓고 말씀하셨다. "네가 나를 영화롭게 하리라." 내가 무엇으로 하나님을 영화롭게 할 수 있을까? 내가 준비하고 있는 일이 하나님이 기뻐하실 일인가 보다. 그 생각이 드니 마음이 급해진다. 시댁에는 이제 나보다 나이가 많은 어른이 아무도 없다. 큰댁 조카들과 상의했다. 형편을 잘 알고 있어 특별히 반대하지 않았다. 제일 큰조카도 와병 중이다. 예전 어른들이 윤달이 드는 해에는 산소에 손을 댈 수 있다고 말씀들 하셨으니 서둘러야 한다. 날짜를 10월 20일로 잡고 안동 구담에 내려가 살고 있는 5촌 조카와 의논했다. 동네에서는 아직 묘를 폐한 집이 없어 방법은 모르겠지만 알아보겠다고 했다. 하나님께 "어떻게 해야 할까요?" 기도를 드렸다. 5년 전 동안교회 부목사님으로 계시다가 구담교회 담임으로 가신 목사님 생각이 났다. 아들 집에 한 번 오셔서 본 적도 있고 나를 아시는 분이다. 하나님께 부탁을 드렸다. 승낙하셨다. 하나님께서는 모든 일에 장애물 없이 순탄하게 이루도록 해주신다.

19일 딸, 손자 둘과 함께 안동으로 내려갔다. 일찍 도착해 하회마을을 돌고 구담교회에 들러 헌금하고 목사님의 기도를 받고 이튿날 아침 시간에 약속했다. 20일 아침 5시에 일어나 6시에 산으로 갔다. 새벽예배를 끝내신 목사님께서 6시 15분에 올라오셔서 예배를 드렸다. 7시에 일할 분들이 올라왔다. 두 분의 묘에는 물이 가득 차 있었고 유골도 좋지 않은 상태였다. 묘지 두 기가 경사면에 있다니 상상하지도 못했던 일이었다. 그간 산소를 관리해왔던 분도, 당일 일하던 분들도 이구동성으로 아주 잘하는 것이라고 말했다. 뼈를 수습해서 화장을 하고 묘가 있었던 산에 뿌려 드렸다. 어른들 시신을 물속에 수십 년 두고 자손들이 잘되기를 바랄 수 있겠는가? 하나님께 감사드렸다. 지관을 찾아 터를 보게 하고 매장 시간도 일진을 보고 정했는데, 그렇게 했던 것이 무슨 수용이 있었겠는가? 남편이 비석을 세우고 싶어 했지만 그 산은 혈이 약해서 돌을 얹지 못한다는 말을 들어 비석도 세우지 못했던 터였다.

시어머니 시신은 분홍색이 선명한 명주 천에 싸여 있었다. 수의는 다 썩었는데, 그 천은 그대로였다. 그것이 우상의 흔적이라는 생각이 들었다. 묘를 폐하기를 잘했다. 감사기도를 드렸다. 새벽부터 계속 서 있으니 허리가 너무 아파 견딜 수가 없었다. 나는 내려오고 딸이 남았다가 마무리했다. 서울로 돌아와 하루 지나니 명주 천을 그대로 묻지 말고 태웠어야 하지 않았나 하는 생각이 들었다. 안동에 연락해 다시 부탁을 해야 할 것 같았다. 그런데 23일 아침 새벽예배 설교가 끝나고 기도하는 시간이었다. 눈앞에 길게 개켜 놓은 흰 옥양목 천이 보였다. 하나님께서 흰색으로 깨끗이 해주신 것이라 생각했다. 실수를 용서해주신 걸로 믿고 감사기도를 드렸다. 그 후로는 밤낮 없이 사탄의 형상들이 나타나던 일이 줄어들었다. 11월에 두 번, 12월에 두 번 보이고는 더 이상 보이지 않았다.

요즈음은 없지만 내가 젊었을 때는 점을 보러 다니는 사람이 많았다. 집에서 굿도 하고 절에도 간다. 크고 작은 환난을 겪으면 사람의 마음은 약해진다. 사도 바울이 아덴에서 보았던 알지 못하는 신에게 제사하는 것을 보고, 그 분이 바로 하나님이라고 한 것처럼 어려움을 당해 의지할 곳이 없으면 그런 것을 찾게 된다. 하나님을 알고 믿게 되면 어떤 어려움도 이겨낼 수 있다. 다사다난했던 한 해가 간다.

엄마의 삶이라는 것

이장 예배

시부님 김종민 씨, 시모님 평산 신 씨 묘를 이장하려
합니다. 모든 절차를 주님께서 주관해주시옵소서.

사도신경.

성경말씀 요한복음 14장 1절: 너희는 마음에 근심하
지 말라. 하나님을 믿으니 또 나를 믿으라. 내 아버지 집
에 거할 곳이 많도다.

우리의 생사화복을 주관하시는 하나님 아버지 여기 이 분들의 자부 한순길 권사와 손녀, 증손자들이 함께했습니다. 지금까지 창조주 되시는 주님의 뜻을 따라 신앙의 가계를 잇지 못했던 것을 회개하오니 용서하여 주옵소서. 전능하신 주 아버지 막혔던 모든 것을 예수님의 십자가 보혈로 풀어주시고 주의 구원의 역사가 자자손손 이어지는 복된 가정되게 복 내려 주시옵소서. 주님의 이름으로 기도드립니다.

범사에 감사드린다

2월 5일. 아침 가정예배 시간에 기도할 때 "네 믿음 대로 되리라" 하는 말씀을 세 번이나 하셨다. 몸이 많이 힘들다. 그냥 피곤하다. 성한 곳이 없는 것 같다. 그렇지 만 하나님께서 아들을 일으키셔 영광을 받으실 때까지 버텨야 한다. 아들이 일어나 걸으며 하나님은 살아계시 다고, 하나님은 전능하시다고, 그 하나님은 내 아버지 우리 아버지, 모두의 아버지가 되신다고, 죄를 회개하고 주 님께로 오면 모두가 구원을 받는다고 외칠 것이다. 그 소리를 듣고자 많은 사람들이 기다리고 있다. 죽어가는 영혼들이 구원 받고 소생함을 얻을 것이다. 내게 시키신 기도의 제목이다. 10년 넘게 그 기도를 계속하고 있다. 그것이 이루어지는 날까지 소망의 끈을 놓지 않고 기도해야 한다. 중보기도의 사명자라 생각하고 때가 가까이 왔다고 생각한다. 내가 원하는 때가 아니라 하나님의 때가 되어야 하는 것을 알기에 하루가 천 년 같은 날을 보내고 있다.

2월 18일. 아들의 활동보조인 강 선생이 그만두겠다고, 일할 마음이 없다고 했다. 왜 그러는지 말도 없다. 아들이 이제는 아주 힘들어진 문자 소통으로 계속 도와달라고 부탁한다. 강 선생은 기도원에 가서 하나님께 여쭈어보고 대답을 하겠다며 퇴근했다. 그날부터 나는 아침저녁으로 통곡하며 기도했다. "불쌍히 여기시고 가서 도와주어라"고 말씀하소서. 나 혼자 살고 있어 수시로 통곡한다. 지금 아들과 의사소통을 잘할 수 있는 사람은 강 선생뿐이다. 25일 강 선생이 계속하겠다고 대답했다. 강

엄마의 삶이라는 것

선생의 기도, 내 기도, 아들의 기도를 들으신 하나님은 조용히 계셨다. 강 선생은 응답을 받지 못했다.

26일 새벽 3시 30분. "천국에서 만나자." 내가 부르는 찬송 소리에 깼다. 즉시 일어나 의자에 앉았다. 기도했다. "아버지 제가 아직 준비 중인 것을 아시지 않습니까? 주변 정리도 아직 끝나지 않았고, 아들이 아직 말도 못하고 누워 있지 않습니까?" 주변에 믿음으로 소통할 사람이 아무도 없다고 날마다 가정예배를 혼자 드리며 호소하니 "네 동역자 강 집사가 있지 않느냐?" 하고 하나님이 말씀하신다. 강 집사는 집사 임직을 받지 않았다. 하지만 그는 하나님의 말씀대로 살려고 노력하며 목적을 가지고 기도하며 응답 받으면 그대로 따르는 사람이다.

3월 11일 주일날. 자려고 할 때였다. 여자 여러 명이 앞에서 소란을 떨었다. 선포기도를 했다. 꿈에서는 한 번도 본 적이 없을 정도로 거무스름한 큰 뱀이 큰 통 속에서 나와 내 오른쪽 앞쪽에 머리를 들고 비스듬히 버티고 있었다. 부엌으로 뛰어가 칼을 들고 와서 내려쳤는데, 그대로 있다. 다시 치려고 하는데 힘이 모자라서 둘러보니 남편이 있어서 빨리 와서 도와달라고 소리치다가 깼다. 강 집사가 뱀의 몸통을 무릎으로 누르면서 손으로 잡고 있었다. 뱀의 몸에는 상처가 났다. 한 번 더 치려 했지만 하지 못하고 깼다. 전혀 움직이지 않고 혀도 날름거리지 않는 것이 꿈속에서도 이상하다는 생각이 들었다. 하나님께서 마무리해주십시오. 큰 소리로 기도했다. 새벽 세 시였다. 바로 일어나 가정예배를 드리고 교회에 새벽예배를 다녀왔다.

매일 하는 성경 읽기에서 로마서가 끝났다. 쓰던 것을 정리했다. 하나님께서 아들에게 물으신다. "너는 나를 사랑하느냐?" 말해주었는데 아들의 대답을 듣지 못했다.

3월 19일. 특별 새벽기도회가 시작되었다. 2주간이다. 3일 동안 정신이 흐릿해서 들었던 말씀이 하나도 생각나지 않는다. 20일 밤에는 왼발이 쑤시고 아파서 잠을 제대로 자지 못했다. 새벽에 일어나 보니 발이 많이 부어서 걸을 수 없었다. 파스를 발바닥과 발등에 덕지덕지 붙이고 절뚝거리며 새벽예배에 갔다. 문득 은혜를 받지 못하게 훼방하고 기도를 못 하게 공격하는 세력이 있다는 것을 깨달았다. 정신적으로 나를 괴롭게 하는 것들이다. 전에 비하면 하는 일이 별로 없건만 몹시 피곤하다.

4월 1일. 부활절 날이다. 1부 예배를 드리고 아이들과 청년들을 지도하는 전도사님들의 수고에 감사했다.

4월 6일. 밤 10시에 자리에 누웠는데 잠이 오지 않아 뒤척이다 문득 시간을 보니 12시가 넘었다. 4시에는 일어나야 새벽예배를 갈 수 있다. 졸지 않을까 걱정하면서 1시 30분에 일어났다. 나도 모르게 내 입에서 흘러나온다. "주 예수의 강림이 가까우니 저 천국을 얻을 자, 회개하라. 주 성령도 너희를 부르시고 뭇 천사도 나와서 영접하네." 찬송 179장이다. 은혜 받은 말씀은 계시록 22장 1절이다. "보라 내가 속히 오리니." 2시에 가정예배를 시작했다. 찬송을 두 번 부르고 계시록 22장 말씀을 읽었다. "보라 내가 속히 오리니." 한 장 안에서 세 번이나 말씀하신다. '나는 준비가 되어 있는가?' 생각하며 좀 이른 시간에 새벽예배에 갔다. 예배가 시작되기 전에 왜소하고 늙은 남자가 내 앞에서 마주 보며 무엇을 찾는 것처럼 망설이고 있는 것이 보였다. 선포기도를 했다.

4월 8일. 주일날이다. 5시 20분에 일어나 7시에 1부 예배를 드리고 와서 가정예배를 드렸다. 기도를 드리며 큰 소리로 통곡했다. 살아온 지난 긴 세월이 떠올랐다. 배우지 못했던 한스러움과 견뎌야 했던 고통스러운 기억들, 내 설움에 울었다. 그리고 기도했다. "지금은 안 됩니다. 아들을 일으키셔서 하나님의 영광을 드러낸 후 저를 부르셔야 합니다." 언제나처럼 "제가 갈 때는 험하고 추한 모습 보이지 않고 자식들을 괴롭히지 않고 주변을 모두 정리하게 해주십시오. 새벽예배를 드리고 와서 곱게 갈 수 있게 해주십시오." 간절하게 기도했다. 나는 기도에 응답해주실 것을 믿는다. "살아가면서 하나님을 영화롭게, 기쁘게 해드리고 싶은데, 무엇을 어떻게 해야 할지 모릅니다. 가르쳐주소서." 시편 50편 23절 말씀을 읽어보았다. "감사로 제사를 드리는 자가 나를 영화롭게 하

엄마의 삶이라는 것

나니 그 행위를 옳게 하는 자에게 내가 하나님의 구원을 보이리라." 전에는 특별한 일이나 조건이 있을 때만 했지만 그런 일이 없을 때도 매주 범사에 감사드리며 감사헌금을 하게 되었다. 2011년 첫 주부터 계속하고 있다. 아들의 일을 알고 있는 어떤 사람은 내게 묻는다. "어떻게 그렇게 할 수 있느냐? 하나님이 어디 계신지도 모르겠다." 또 어떤 사람은 묻는다. 그런 환난 중에 어떻게 매주 감사헌금을 하느냐고. 인간의 생사화복은 하나님께 있다. 그렇게 생각하고 주변을 살피면 감사할 수밖에 없다.

7월 10일. 집 가까이 사시며, 구약의 예언서를 전하며 남다른 은사를 받으신 교회 권사님이 아들을 심방하고 내게 예수님의 별명이라며 말씀을 권해주셨다. 계시록 2~3장에 아시아 일곱 교회에 하셨던 칭찬과 책망의 말씀이다. 권사님은 내게 아들의 손을 잡고 기도하라고 하셨다. 순종하고, 한 달이 넘어서야 외우고 있다.

"주님, 주는 오른손에 일곱별을 붙잡고 일곱 금 촛대 사이를 거니시는 분입니다."

"처음이요 마지막이요 죽었다가 살아나신 분입니다."

"좌우에 날 선 검을 가지신 분입니다."

"그 눈이 불꽃 같고 그 말이 빛난 주석과 같은 하나님의 아들이십니다."

"하나님의 일곱 영과 일곱별을 가지신 분입니다."

"거룩하고 진실하사 다윗의 열쇠를 가지신 이로, 열면 닫을 사람이 없고, 닫으면 열 사람이 없는 그분입니다."

"아멘이시오, 충성되고 참된 증인이시오, 하나님의 창조의 근본이신 분입니다. 아멘!"

신앙생활을 하며 얻은 깨달음이 있다. 혼자 힘으로 할 수 있는 것은 손가락 한 마디만큼도 없다는 것이다. 어떤 일이든, 내가 했다고 해도 위에서 개입하시고 도우시는 하나님의 선하신 손길을 수없이 느낀다. 어떤 일을 하고 나면 잘한 것인지 묻고, 걸으면서도 무시로 하나님과 소통한다.

엄마의 삶이라는 것